秘密の妻

リン・グレアム 作

ハーレクイン・プレゼンツ 作家シリーズ 別冊

東京・ロンドン・トロント・パリ・ニューヨーク・アムステルダム
ハンブルク・ストックホルム・ミラノ・シドニー・マドリッド・ワルシャワ
ブダペスト・リオデジャネイロ・ルクセンブルク・フリブール・ムンバイ

THE SECRET WIFE

by Lynne Graham

Published by Harlequin Japan,
a Division of K.K. HarperCollins Japan, 2024

リン・グレアム

北アイルランド出身。10代のころからロマンス小説の熱心な読者で、初めて自分で書いたのは15歳のとき。大学で法律を学び、卒業後に14歳のときからの恋人と結婚。この結婚は一度破綻したが、数年後、同じ男性と恋に落ちて再婚するという経歴の持ち主。小説を書くアイデアは、自分の想像力とこれまでの経験から得ることがほとんどで、彼女自身、今でも自家用機に乗った億万長者にさらわれることを夢見ていると話す。

1

ロージィは人の波がおさまるのを待って、教会に潜り込んだ。心臓が激しく鼓動を打っている。彼女は人目につかないように後ろのほうのベンチに腰かけて、追悼の言葉に聞き入った。アントン・エストラダはロンドンではよく知られた人物だった。薄暗い教会の中は、アントンに最後の別れを告げようと訪れる人々でいっぱいだった。

金の刺繍《ししゅう》入りの黒いスカーフに顔を隠して、ロージィは一人悲しみに身を震わせた。ずっと一人ぼっちで生きてきた。アントンと一緒に過ごせたのは、ほんの数カ月だった。そして今、彼は永遠に逝《い》ってしまった。温かく、笑いに満ちた人だった。彼はロージィを人生最大の喜びと呼んだ。誰よりも愛していると言ってくれたのに……。ロージィは涙で曇った緑の目で、指に燦然《さんぜん》と光る大粒のエメラルドを見つめた。私はもう、誰にも愛されていないんだわ。だいたい、ほかの誰があんなふうに私を愛してくれるというの？

ふと、あたりが静まっているのに気づいた。ぼんやりと目を上げると追悼式は終わり、教会はすでにほとんど空になっている。ロージィははっとして、勢いよく立ち上がった。ところがスカーフの端がベンチの角に引っかかっていたのに気づかなかった。頭を後ろから引かれ、ひっくり返りそうになった。

そのときどこからともなく力強い手がさっと伸びて、ロージィの腕を取った。「だいじょうぶですか？」甘い響きのギリシア風アクセント。アントンにそっくりだ。ロージィは一瞬びっくりして濃いまつげをしばたたいた。「もう一度座り直してはどうですか」

「いえ……」ロージィは背を伸ばして男から離れた。するとスカーフが頭からするりと落ちて、豊かな赤褐色の髪が躍るように現れた。何気なく顔を上げたロージィは、驚愕《きょうがく》のあまりその場に凍りついた。息が喉につまり、美しい顔が見る見る青ざめていく。

コンスタンティン・ヴォーロスも、同じように立ちつくしたままロージィを見下ろしている。実際の彼は、アントンに見せてもらった写真以上にハンサムだった。髪は漆黒、体つきはずばぬけて男らしく、じれったくなるほど官能的な唇をしている。その彼が、黒い瞳でロージィを一心に見つめている。目が合った瞬間、めまいを覚えた。崖《がけ》から足を踏みはずして、どんどん落ちていくような恐怖を感じた。息をすることも、口を開くこともできない。すっかりパニックに陥ってしまった。

「君は誰なんだ?」コンスタンティンはそっとつぶやき、ロージィに体を近づけてスカーフをベンチからはずした。

彼女は真っ青になって、がくがく震える脚であとずさりした。わけのわからない激しい感情が怒濤《どとう》のように押し寄せて、頭が変になりそうだった。コンスタンティン・ヴォーロス。アントンとギリシア人の妻テスピーナの養子として、我が子同然に育てられた子ども……。

「スカーフをどうぞ」

ロージィはためらいがちに、いまや立派な男に成長したその人に手を伸ばした。そしてそれが過ちだったことに気づいた。しまったと思ったときには、彼女のほっそりした指は彼の手の中にあった。

「よしてください」驚いたロージィは、身を翻して手を振りほどこうとした。

「いったい《クリストス》……」コンスタンティンは彼女の指に光るアンティークのエメラルドに気づいて叫んだ。

「この指輪をどこで手に入れたんだ？」

彼の手が一瞬ゆるんだ隙《すき》に、ロージィはさっと手を引いて駆け出した。木枯らしに豊かな巻き毛をなびかせて、黒いコートを翻し、外に残っていた人の群れをかき分けて、車の多い道路に飛び出た。そしてブレーキのきしむ音や警笛をも顧みずに、通りの向こうへと走り去った。

ロージィは最後にもう一度、ひっそりした部屋を確かめて回った。このこぢんまりとした美しい家も、アントンを失った今では抜け殻のようだ。私が住んでいた痕跡《こんせき》を消し去ったら、ドアを閉めてここを去り、元の世界に帰ろう。どのみち、こんな生活が長く続くわけはなかったのだから。

ロージィは自由に暮らしたかったのだが、あえてアントンの束縛を受けることにした。アントンはどうしても一緒に暮らしたいと言い張って、彼女がうんと言うまで譲ろうとしなかった。とうとう降参して一緒に暮らし始めたロージィは、アントンに喜んでもらえるなら、と思って、彼が望む女の子の姿に自分を合わせようとした。だが、いつかは衝突する日が来るのはわかっていた。

「私は自立した人間なのよ」一度やんわりと言ったことがある。

だが、アントンはロージィの言葉を聞き入れようとはしなかった。「君は自立せざるをえなかったんだ。若い女の子があんなに苦労してはいけないよ。これからのことは私にまかせてくれ」

ロージィは笑って言い返したが、それ以上は言わなかった。お互いを理解するには、二人はあまりに違いすぎたのだ。彼女のこれまでの人生を包み隠さずに話しても、アントンを動揺させるだけだっただろう。だから二人はお互いをいたわり合うことで、富や文化の違いを乗り越えようとした。そしてそれを難なくやってのけた。二人には、最初から驚くほど相通じるところがあったのだ。

たった四カ月でも、ありがたいと思わなくてはいけない。あんなに愛されたのだから。ロージィは涙をぐっと抑えて、まばゆいばかりのほほえみを作った。この思い出だけは誰にも奪えない。この指輪だって、誰にも渡さない。アントンはこの二世紀にわたって伝わるエストラダ家の家宝を、目に感動の涙さえ浮かべて指にはめてくれた。

「また身につけてもらえる時が来た。やっとほんとうにふさわしい人が見つかったんだからね」

ロージィは、指輪を見たときのコンスタンティンを思い出して苦笑した。ひとつくらい形見をもらって何がいけないの？　欲深い女だったら、こんなものじゃすまなかったわよ。アントンは彼女さえ望めば、すべてを差し出すつもりでいた。これが二人のあいだで口論になった唯一の問題だった。

ロージィはときに良心的な気持が崩れそうになるのを感じていた。お金は関係ない。彼が持っているようなお金を手にするなんて、想像するのも難しかった。ときおり憤りが頭をもたげるのだ。それをロージィは必死で隠した。アントンがどれだけ悲しむかと思うと、決して知られたくなかった。だが、彼女もやはり人間だった。自己憐憫《れんびん》の気持や羨望《せんぼう》がわき起こってくるのは、どうすることもできなかった。

コンスタンティンは九歳のときに車の事故で両親を失った。その彼を引き取ったのがアントンとテスピーナだった。アントンには、コンスタンティンの自慢話ばかり始終聞かされた。ロージィはそれがいやだった。そしてそう感じる自分がいやだった。

部屋の静けさがひしひしと感じられる。自分の足音が不気味に響く。アントンが軽い心臓麻痺《まひ》で入院したのは、ほんの六週間前のことだ。ロージィは一番に駆けつけたが、一緒にいられたのは、テスピーナとコンスタンティンがすでに空港から病院へ向かっていると聞かされるまでのことだった。

複雑な思いが心を駆ける。ロージィの罪悪感や心の傷はあまりにも深かった。テスピーナはアントンにとって三十年間連れ添った妻だ。そして夫を愛し、常に忠実であったにもかかわらず、無惨にも裏切られた。だがテスピーナはそれを知らず、もちろんこれからも知られるようなことがあってはならない。ロージィはあくまで日陰の存在なのだ。

その週、ロージィは何度もこっそりと病院を訪れた。根っからの楽天的な性格も手伝って、アントンの健康に対する不安も少しずつ薄れてきた。まだ五十五歳なのだ。働きすぎただけに違いない。二人は退院後の健康対策をあれこれと話し合った。それがたったの数週間で終わってしまうとは、夢にも思わなかった。

アントンは療養のためギリシアの島々を巡るクルーズの旅に出ていたが、ロンドンに帰ったその日に、取り返しのつかない心臓発作を起こした。「あっと言う間の出来事でした」まだショックから覚めていない様子の秘書が電話口で涙声を出した。「ところでどなた様ですか？」ロージィはこれまでオフィスに電話したことは一度もなかったので、秘書にたずねられた。アントンがランチの約束に来なかったので、胸が悪くなるほど心配になったのだ。

ロージィは何も言わずに電話を切った。ギリシアでの葬儀に出席するのはもちろん無理だった。せめてもの思いで追悼式に行ったのだが、ぼんやりしていたせいでコンスタンティン・ヴォーロスに正面衝突するはめになってしまった。ぐずぐずしていないで、すぐに荷物をまとめて家に帰ればよかったのに。だが、巡り合ったばかりの父親の、死を克服するためには、しばらく一人でいたかったのだ。

「ロザリー……？」

心臓が胸につかえるほど飛び上がり、息が喉につまった。ロージィは恐る恐る振り返った。

寝室の入口に、コンスタンティンが立っている。彼はハンサムな褐色の顔をひきつらせて、ロージィに近寄った。「そういう名前なんだろう？」

「どうしてここに……どうやって入ったの？」

「ひどい女だ」百九十センチを超える大きな体がドア口をふさいでいる。彼はロージィを見たきり目を離せないでいた。

ロージィは気力を振り絞って華奢《きやしや》な肩をぴんと張った。「どこのどなたか知りませんけど……」

「知らないわけはないだろう！」コンスタンティンはむっとした様子で、さらに一歩近寄った。

「近寄らないで！」彼はどうして私のことを知ったのだろう。どこまで知っているのかしら？

「それができるくらいなら苦労はしない」コンスタンティンはこぶしを握りしめて吐き出すように言った。今にも爆発しそうな迫力が感じられる。

ロージィは膝の裏がベッドにあたるまであとずさりした。「私に何をするつもり？」

「できることなら地上から葬り去ってやりたいと思っている。いったいどんな手を使ったんだ？」

「な……何のこと？」彼女はぼんやりとつぶやいた。怯《おび》えきってしまって頭が働かない。

「どうやってアントンみたいな良識的な男に、家族を裏切るようなまねをさせたんだ？」

「何のことだか……」

「亡くなる前にアントンがどうしたか知っているか？」彼はベッドの上のスーツケースを見て、軽蔑《けいべつ》するように口元をゆがめた。「僕の腕の中で息を引き取る直前に、何を言ったかわかるか？」

ロージィは、なすすべもなく首を横に振った。火の色をした縦巻きのカールが、こわばった肩の上で飛び跳ねた。亡くなったとき、コンスタンティンが一緒だったとは知らなかった。皮肉なことに、胸が熱くなってきた。アントンは秘書しかいない場所で、寂しく息を引き取ったと思っていた。そうではなかったことに、救われる思いだった。

コンスタンティンは、背筋が寒くなるような笑い声をたてた。「力を振り絞って口を開いたかと思うと、君のことばかりだ！」

「まあ……」コンスタンティンの声には苦悩が感じられる。だがロージィは、とても同情するような気分にはなれなかった。

「僕の名誉にかけて君を守ることを約束しろと言うんだ。新しい遺言に従えともね。ところが、僕は君が存在することすら知らなかった。遺言のことも昨夜初めて目を通すまでは、まったく知らなかった」

彼は長い脚を小刻みに震わせて怒りをぶちまけた。

「アントンは遺言書を作り替えていたんだ。テスピーナを傷つけなくてすむなら、君のような欲の皮が張った女はヨーロッパ中の法廷でつるし上げて、びた一文やらないところだ！」

「新しい遺言？」ロージィは歯を食いしばってコンスタンティンの侮辱に耐えた。彼がこれほど逆上している理由がやっとわかった。何もいらないとあれほど訴えたのに、アントンは遺言書で彼女になにがしかのものを遺《のこ》したのだ。

「何カ月か前、テスピーナはアントンの浮気を疑ったことがあった。僕はそれを笑い飛ばしたんだ！ ロンドンに入り浸りなのは、新しい事業に夢中だからだと言ってね。僕としたことが、若さと美貌《びぼう》がなせる技を甘く見ていたんだ。アントンは君にくびったけだった。君の名を口にしながら息を引き取るくらいだ！」

「私のことを愛していたの」ロージィは力なくつぶやいた。彼の言葉にひどく心を打たれていた。目の奥に熱い涙がこみ上げて、ロージィは顔をそむけた。
「だが、テスピーナにそれを知られてはならない。命をかけて秘密を守ってみせる！」

　そのときロージィは知った。コンスタンティンは彼女が何者かを知らないのだ。それどころかアントンの愛人だと思い込んでいる。まったく滑稽《こっけい》なことだが、ロージィは笑えなかった。彼女は震える唇をきっちりと結んだ。アントンは妻を思って秘密を守り通したのだ。二十一年前の過ちは、アントンの死とともに葬られた。この秘密は、父のために守り通さなくてはならない。真実は彼が愛した家族に苦痛を与えるだけだ。それが何の得になるだろうか。

　ロージィにはアントンの遺産は必要なかった。自分自身の生き方をしたかったし、テスピーナのものである遺産を横取りしようとは思わない。そんなことは道義心が許さなかった。だが指輪は違う。それは、これまで系譜も出身もわからずに生きてきたロージィが、生まれて初めて手にした身の証《あかし》だった。

「ごらんのとおり、出ていくところなの」ロージィは鮮やかな色の頭を上げて、威圧的なまで背の高いギリシア人を反感の目で見た。「安心して。いつまでもここにいて皆さんを困らせるつもりはないわ」

「そんなに簡単にすむなら、わざわざ会いに来たりはしない。家からほうり出せばすむことだからね」

　ロージィは笑い声をあげた。今にも怒りが爆発しそうだった。「あら、そう？」

　彼は開いたスーツケースにちらっと目を向けた。
「確かに旅行の予定だったらしいが、永遠に姿を消すつもりだったなんて言っても無駄だ」

　ロージィは彼に鋭い視線を投げた。「おやまあ、ずいぶん自信がおありですこと。私から見れば、あなたに何か説明すること自体、無駄なことよ」

　コンスタンティンの印象的な頬骨にさっと険しい色がさした。目はあざけりにぎらぎらと輝いている。

「僕は娼婦《しょうふ》と言い争うほど落ちぶれるつもりはないね」

ロージィも言葉がそうとうきついほうだが、これほど険悪な反応は予想していなかった。怒りにかっと火がついた。「出ていって！　ほうっておいてちょうだい。何もわかってないくせに！」

「君が質問に答えるまではだめだ」コンスタンティンはロージィをにらみ返して、吐き出すように言った。「君は妊娠しているのか？」

ロージィはショックで身を固くした。ふと、ゆったりとしたブラウスに目をやる。すると、コンスタンティンもそこを見ている。ロージィの頬が真っ赤に染まった。

「妊娠以外に、アントンがあんなことをするはずはないんだ」コンスタンティンは、その自分自身の勝手な想像に打ちのめされた様子だった。

そんな可能性は、今の今まで、考えもしなかったらしい。生まれつき黄金の色をした彼の肌から、血の気が引いている。ほんとうのことを知ったら、そのときもきっとこんな顔をするでしょうね。そう思ってロージィはひそかな満足を覚えた。

アントンの子ならば、たとえ婚外でできた子でも、遺産の継承権はある。真実を知ったなら、いくらコンスタンティンでもこんな口はきけないはずだ。ロージィはアントンの唯一の子――エストラダ家最後の生き残りなのだ。それを金儲《もう》けをたくらむしたたかな女みたいに言うなんて！

「答えないんだな」コンスタンティンは突然くるりと背中を向けて、また勢いよくこちらを向いた。力強い顔立ちがこわばっている。「妊娠していても、君に対する考えを変えるつもりはない。だが、君に怒りをぶつけたことについては、謝らなくてはいけない」

ロージィは妙におかしくなった。急に守勢に回ったりして、私のことが怖くなったのかしら？　アントンのビジネスを丸ごと受け継いで順風満帆のはずだった将来を、私に邪魔されるとでも思ったのかしら？

「だが、これだけは言っておく。もしそうなら、ほんとうにアントンの子かどうか確認するために、考えられる限りの検査を受けてもらうよ」

ロージィは、自縄自縛に陥っている彼がおかしくてしかたなかった。しかも最悪の事態に心を奪われるあまり、さっき自分で言ったことをすっかり忘れている。「だけどそんなことをしたら、テスピーナがすっかり参ってしまうわよ」

コンスタンティンはぎょっとしたように息をついた。目は怒りで金色に輝いている。「いったい君は、どこまで性悪なんだ……」

ロージィは、悪意で言ったと思われる可能性に気づいて、言葉が口から出たとたんに後悔した。だが、もう遅い。一瞬、コンスタンティンやテスピーナを見返してやりたいと思ったが、今はそんなことを考えた自分が情けなかった。ロージィはうなだれてスーツケースを閉めると、ベッドから下ろした。「妊娠なんてしてないわ、安心して。私はあなたやテスピーナの敵になるつもりはないのよ」

階下でドアのベルが鳴る音に、緊迫した空気が破られた。

「タクシーを呼んであったの」ロージィはほっとしてコンスタンティンの横を通り過ぎた。脚は少しふらついていたが、心はひそかな優越感に支えられていた。自慢の息子が聞いてあきれるわ。まあ、最初から予想はしていたけれど。

だいたい、コンスタンティンが両手を広げてロージィを歓迎するわけがない。なのにアントンは彼ならそうすると信じていた。きっと妹の突然の出現に大喜びするだろうと何度も言っていたが、ロージィは本気で取り合おうとはしなかった。まあ実際は、アントンが妹だの兄だのといったぞっとするような言葉を使うことはなかったのだが……。

その代わりにアントンは、家族としての義務やら名誉やらを顔をほころばせて熱心に説いた。ロージィとしては、義務でつき合ってもらうくらいなら姿を消したほうがましだというのに！

コンスタンティンはアントンが子を残した可能性に、思ったとおりの反応を見せた。アントンの血を引く子が、自分の遺産の額を減らしかねないことに驚愕し、うろたえている。金銭欲に取りつかれていない分だけ、自分のほうが人間としてましだ。ロージィは頭を高く上げて歩いた。

「ドアを開けるんじゃない！」突然、コンスタンティンが背後から叫んだ。

ロージィは思わず振り返った。彼は階段を途中まで下りかけていた。目をダイヤモンドみたいに光らせて、恐ろしい勢いでロージィを見つめている。

「いったい何を……？」

「静かに！」

その横柄な言い方に、ロージィは腹立ちを隠そうともせずに、彼をきっぱりと無視して勢いよくドアを開いた。ところが、ドア口に立っていたのがタクシーの運転手ではなかったので、一瞬ぽかんとしてしまった。目をぱちくりさせて、息をのみ、そしてその場に凍りついた。

その小柄でスリムな喪服姿の女性は、心痛をたたえた目でロージィを見つめていた。オリーブ色の肌から、ゆっくりと血の気が引いていく。その女性は戸惑いがちに一歩下がったが、そのときロージィの後ろにコンスタンティンの姿を認め、すっかり困惑して立ちすくんだ。

父親の妻との対面に、ロージィは呼吸をするのも忘れていた。恐怖を表に出さないようにと必死だった。すると、その肩にずっしりとかかる手があった。コンスタンティンが不自然なほど彼女に近寄っている。彼は何かギリシア語でそっと言ったが、ロージィはそのがっしりした肢体が、極度の緊張に包まれているのを感じた。

テスピーナが突然ロージィの手を取って、太陽の日差しを受けて緑に輝くエメラルドの指輪をまじまじと見た。「エストラダ家の婚約指輪だわ」彼女は頼りない声でつぶやき、そしてゆっくりとうなずいた。「そうだったの……。指輪はこの方にあげるために、アントンがあなたに渡したのね。コンスタンティン、どうしてもっと早く教えてくれなかったの？」

その訴えに、コンスタンティンははっと息をつき、ロージィにもわかるほど身を固くした。「今は発表するのにふさわしい時期ではないと思ったんです」

「あなたったら、私があなたの結婚のニュースを喜ばない時期なんて、あるはずないでしょう？」テスピーナの表情から不安は消えて、満面にほほえみが広がっている。彼女はロージィににこやかにたずねた。「息子と婚約なさってどのくらいになるのかしら？」

「婚約？」ロージィは自分の耳を疑って、ただその言葉を繰り返した。

「つい最近です」コンスタンティンがきっぱりと言う。

「そういうことは、すぐに教えてくれなくちゃいけないわ」だがそう言ったテスピーナの声は優しかった。「私がどんな思いでここに来たかわかるかしら？　ほんとうに、とんでもないことを考えていたんだから……」

タクシーが大きな音をたてて家の前に着いた。

「タクシーが来たわ」ロージィはほっとしてつぶやいた。

「お出かけなの？　お会いできたばかりなのに」テスピーナは驚き、がっかりしたように言った。

「あいにくロザリーは空港に行くところなんです。さあ、飛行機に乗り遅れるよ」コンスタンティンはロージィのスーツケースをつかんで、さっさと運び出した。

「ロザリー……。とても……とてもかわいらしいお名前ね」テスピーナはなぜか一瞬ためらいがちに考え込んでから、もとの温かいまなざしでロージィを見た。「いきなり訪ねてきたりしてごめんなさいね。今度はゆっくりお会いしましょう」

「時間がなくてすみませんでした」ロージィはテスピーナの目を正面から見ることができなかった。彼女は頬を赤く染めて、くぐもり声でつぶやいた。

コンスタンティンがタクシーのドアを開けて待っている。彼に超能力があったなら、ロージィは地面の焦げ跡から煙が一筋立つだけの姿にされていただろう。だが、彼女がタクシーに乗り込もうとすると、彼はその腕をつかんで身をかがめ、ダイヤモンドのような冷たい目で彼女をにらんだ。「取り引きの話をしよう。いつ帰ってくる？」

「二度と戻らないわ」

「金を取りに来るに決まってるさ」テスピーナに聞こえると困るので、コンスタンティンはたいへんな苦労をして声を抑えていた。「とにかく今は、恋人らしい別れ方をしなくてはならない」

「痛いところに膝蹴《げ》りされてもいいならどうぞ」ロージィは口元には毒のある笑みを、緑の目には威嚇の色を浮かべていた。

「まったく《クリストス》……」コンスタンティンは荒々しく息をついた。彼の指が肘に食い込む。彼はいかにもしかたなさそうに頭を下ろして、ロージィの眉にさっとキスした。まばたきでもしていたら見逃していたかもしれない。

ロージィはブリキの兵隊さんみたいにこちこちだったが、彼に触れられたとたんに身震いして、タクシーに駆け込んだ。すぐに走り出したタクシーの中で、彼女は恋人らしく手を振るのも忘れてただ座っていた。あまりに激しく鼓動する心臓に、気分が悪くなりそうだった。

彼女は膝の上で指をぎゅっと握りしめた。まったく自業自得だわ。すぐにでも家を引き払えばよかったのに……。そのうえ人前で指輪をつけたりして！

最初、テスピーナは愕然とした表情だった。どういう理由からか家のことを知って、勇気を振り絞って訪ねてきたのだ。コンスタンティン同様、彼女もアントンが——愛すべき夫、亡くなったばかりの夫が、隠れ家に愛人を囲っていたとばかり思ったのだろう。

ロージィはひどい罪悪感に襲われた。コンスタンティンがあんなふうに悪知恵の働く男でなかったら、どうなっていただろう。家も赤毛の娘もコンスタンティンのものだと信じて、テスピーナは心底ほっとしたように見えた。だが彼女に親愛の情を示されたのは心苦しかった。人を欺くのはつらい。これまで十分すぎるほどの失望を味わってきたテスピーナを、これ以上傷つけないためであっても……。

テスピーナとアントンは子どもを切望していたが、テスピーナにはそれをかなえることができなかった。何度も流産を繰り返すたびに、二人の期待は打ち砕かれた。おなかに子が育ったのは一度きりだったが、結果は死産だった。その残酷な運命に、二人は計り知れない衝撃を受けた。

それをきっかけにテスピーナはひどく落ち込み、同じように悲しみと闘っていたアントンを拒否して遠ざけた。二人の絆《きずな》に亀裂《きれつ》が入った。アントンが浮気をしたのは、そんなときだった。そしてその相手はロージィの母、ベス……。ロージィははっとして回想を握りつぶした。だが、テスピーナのことは考えずにいられない。彼女はほんとうに安心したかしら？　すっかり信じてくれたかしら？

　ヨークシャー行きの電車に乗る前に、ロージィは公衆電話の列に並んだ。そしてコンスタンティンがまだそこにいることを祈りながら、家の電話番号を回した。彼の声が聞こえた。ロージィは大きく息を吸ってから、ぎこちなく言った。「ロージィよ。さっきのことだけど、あれは本気なの。お金は全部あなたに差し上げるわ。それでいいでしょう？」

「いったい何をたくらんでいるんだ？」電話の向こうから、コンスタンティンが猛烈な勢いで噛《か》みついてきた。「テスピーナも帰ったことだし、話をしたい。テスピーナが来なかったら、帰らせたりはしなかったものを……。今すぐここに戻るんだ！」

　ロージィは歯ぎしりした。まさかコンスタンティンと話がしたかったわけはないし、お金だってほんとうにどうでもいい。あれはただ、彼に落ち着いて話を聞いてもらうための前置きのようなものだった。電話したのは、もしやテスピーナが嘘《うそ》に感づいたのではと心配で、それを確かめずにいられなかったからだ。「私は……」

「早くしてくれ。君のような身持ちの悪い女のために一日中振り回されるのはごめんだ」

「ちょっとあなた、どういうつもり？」ロージィはどこかで自分がぷっつりと切れるのを感じた。「私がそこまで言われてもへらへら笑ってるほどおつむが弱いと思ってるの？　言わせていただきますけどね、いい服着て威張り散らすだけで、私が恐れ入ると思ったら大間違いよ。〝私のような女〟だって、あなたみたいに程度の低い人間の顔は二度と見たくないわ！」

　怒りと屈辱に身を震わせながら、ロージィは電話を切って、スーツケースを取り上げた。電話なんかした私がばかだったわ。あんな人、電話代ほどの価値さえないんだから！　何だかアントンの影響で弱くなってしまったみたいだ。アントンといるうちに、だんだんと傷つくことを恐れなくなり、人を信じて寛容になることを覚えてしまったのだ。

　でも、もうアントンはいない。人に弱みを見せるような危険なまねはできない。これから戻るのは生身の世界なのだから。そこは陽気でいくらか世間知らずのアントンが住んでいたような、感傷的なぽかぽかと暖かい世界とは違う。弱みなど見せたりしたら、人に食い物にされるだけの世界なのだ。

2

　モーリスがへとへとになってキッチンに入ってきた。身長はゆうに百八十センチを超え、いかつい肩に分厚い胸板をしているが、彼は、そんな立派な体格の男にさえ肉体的にきつい仕事をしていた。長いブロンドの前髪が濡《ぬ》れてだらりとたれ下がり、ごつごつした顔の輪郭を覆っている。「店に行ったとき、ビール買ってくれた？」

　ロージィは、せっせとこすっていたガスレンジから顔を上げもせずに答えた。「冗談じゃないわよ！」

「もう勘弁してくれよ。電話でもすりゃあいいのに、いきなり帰ってくるんだもんな。知ってたら、ローナに頼んで掃除してもらったのに……」

ロージィの目がきらりと光った。「妹さんだって働いてるのよ。恥ずかしいと思わないの、モーリス？　自分のことは自分でするって約束したから一緒に住むことにしたのに、私がいなくなったとたんに、このコテージは豚小屋みたいにするし、庭だってあれではごみためだわ！」

　モーリスは太い脚をもぞもぞさせた。「だから帰るって知ってたら……」

「人のせいにしないの！　さあ、庭にごろごろしてるバスタブを納屋にしまってちょうだい」

　モーリスはしかめっ面をした。「納屋はいっぱいなんだ」

「じゃあ、さっさと売り払ってね！　ああいうものがあると、庭がごみ置き場みたいに見えるんだから！」

「売っ払う？　冗談じゃない。いい儲《もう》けになるんだぜ！」モーリスはロージィの提案に真っ向から反発した。「バスタブをひとつ引き取るだけで、お前がマーケットで一週間がらくたを売るより、いい儲けになるんだぞ」

　ロージィは何だかおかしくなって、怒る気も失《う》せてしまった。それにちょっと言いすぎたかもしれない。モーリスは十三歳のときからの親友なのだ。彼女はため息をついた。「ねえ、シャワーでも浴びてきたら？　あとで庭の片づけを手伝うから」

　だが、モーリスはなかなか立ち去ろうとせずに、咳《せき》払いした。「昨日言おうと思ったんだが、何と言ったらいいかわからなくて……。親父《おやじ》さん、残念だったな。やっと見つかったばかりだったのに」

　ロージィの喉に熱いものがこみ上げてきた。彼女はごくりと息をのんでつぶやいた。「いい人だったわ。彼を知るチャンスに恵まれてよかった」

「ああ……」モーリスはちょっとためらってから、思い切って言い出した。「だけど、何で遺産も受け取らずに逃げるように帰ってきたんだ?」

「そのことは話したくないの」

「ロージィ、やっかいごとから顔をそむけてばかりじゃだめだよ」

ロージィは、真っ赤になってモーリスに背を向けた。昔の癖を蒸し返されるのはうれしいことではない。

「それに遺産をいつまでも宙ぶらりんにしてはおけないだろう? どのみち弁護士が追いかけてくるぜ。それが仕事なんだから」

「かなり苦労するでしょうね。住所を教えてないもの」

「もらえるものはもらえばいいじゃないか。マーケット商売をやめてアンティークの店が開けるくらいの額にはなるんだろう? 夢が実現するじゃないか。それに、俺《おれ》の叔父貴に借りているこの家を、売ってもらうように頼むこともできるし」

ああ、これさえなければいい人なのに……。モーリスは、儲かる話はどこまでも追いかける性分だった。この分なら、二十五歳までに百万長者になっているかもしれない。彼の建築廃材リサイクルのビジネスも絶好調だった。

「もっと楽な暮らしができるんだぜ。親父さんは、お前にそうしてほしかったんだ」モーリスはきっぱりと言った。「それにしても、どうしてアントンの奥さんに対してそんなにやましそうにするんだ? アントンが奥さんにはびた一文遺《のこ》さなかったなんてことがあるはずないのにさ!」

ロージィは猛烈に腹が立って、真っ青な顔で振り返ったが、モーリスは言いたいことだけ言って、二階に逃げたあとだった。よけいなお世話だと言おうと思ったのに、そのチャンスを失ったロージィは、狭い居間に転がるビールの缶や車の雑誌をにらみつけた。片づけに何日かかることやら……。ロージィはふうっとため息をついて、油まみれの手で痛む腰をさすりながら、春の日差しの中へとふらりと出た。

　ちょうどシルバーのリムジンが通りから入ってくるところだった。その印象的な車は、モーリスの車の後ろに止まった。ロージィが目を丸くして見ていると、制服姿の運転手が車を降りて、後部座席のドアを開ける。ロージィは納屋のほうへ歩き出した。モーリスは休みの日でも、上客を追い返すようなことはしない。ところがエレガントなグレイのスーツをさっそうと着こなした背の高い男が車から出るのを見て、ロージィの足が止まった。

　コンスタンティン・ヴォーロス。その青みがかった黒髪に陽光が落ちて褐色の肌に黄金の色合いを加え、鷹《たか》のように研ぎ澄まされた男性的な骨格を際立たせている。その彼が、獲物を狙《ねら》うライオンのごとき優雅さで庭を横切ってくる。ロージィの目が、その金色に光る黒い瞳をとらえた。胃がぎゅっと締めつけられて、心臓が胸から飛び出しそうなくらい激しく鼓動し始めた。

〝女はみんな、コンスタンティンの魅力に参ってしまうんだよ。断られたことは一度もないと思うよ。それが逆に彼を女性不信にしてしまったんだが〟いつだったか、アントンが残念そうに言ったことがある。

　ロージィは物思いから覚めながら、自分がまるでごきぶりみたいに思え、彼にもそんなふうに思われていることに気づいた。突然、汚れたトレーナーにぼろジーンズ姿の自分が恥ずかしくなり、すぐさま、彼の目を気にした自分に腹を立てた。

「中で話そう」コンスタンティンがむっつりと言った。

「どうしてここがわかったの？」

「わけないことだね。アントンの住所録に書いてあった」

「迷惑だわ。帰ってちょうだい！」

「君と話を取りつけるまでは帰るつもりはない」コンスタンティンはロージィを見下ろして、いぶかしげに眉をひそめた。「君は何歳になる？」

「二十歳《はたち》よ。でも、それが何だと言うの？」

「二十歳？」コンスタンティンは、官能的な口元をいかにも不快そうにゆがめた。「ああ《クリストス》……アントンはいったい何を考えていたんだ？」

「あなたが考えているようなことじゃないのは確かね！」

「だが、強欲な女の下心は、僕ぐらいの経験がないと見抜けないものだ」コンスタンティンが間髪を入れずにやり返した。「亡くなる前の何週間か、アントンは君のせいでひどく追いつめられていたに違いない」

　驚きのあまり、ロージィの顔から血の気が引いた。

「それ、どういうこと？」

　彼はロージィのそばをすり抜けて、コテージに入った。「中で話すよ」

「どういうことってきいたのよ！」ロージィは震える声で正した。

　コンスタンティンは、ちらかった居間に足を踏み入れかけて立ち止まり、ぞっとしたように身を翻した。「だらしないな！　汚れてもシャワーも浴びず、家は豚小屋だ。消毒でもしてもらわないことには、とても入れない。やはり外で話そう」

　ロージィの顔は怒りと屈辱で真っ赤になった。

「あなたって、どこまでずうずうしいの？」

「黙れ」彼はロージィを冷たい目でにらんだ。「黙ってよく聞くんだ。アントンは生まれつき、これ以上ないほどの紳士だった。だが、僕は違う。君のゲームはすっかり見抜いているんだ。アントンが遺書を作り替えた理由も今ではわかっている。弁護士にも相談せず、使用人を証人に立てて遺言書を作り、ロンドンに帰った日にオフィスの机にしまった。また心臓発作を起こすことを心配し、君の将来を案じていた。なぜだ？」

ロージィの喉に息がつかえた。「その、私……」

裁くような冷たい瞳が、狼狽《ろうばい》する彼女の顔を食い入るように見つめる。「クルーズに出る前に、アントンに妊娠していると言ったんだろう？」

「ばかなこと言わないで！」

「彼とテスピーナを離婚させるのが目的だったんだろう。だが、そうやって彼を追いつめておいて、実際には妊娠なんかしてなかった。でなければ、昨日喜んで告白しただろうからね！」

ロージィはあっけにとられて目をぱちくりさせた。コンスタンティンは軽蔑《けいべつ》をあらわにして彼女を見た。「ところが君には不都合なことに、アントンは問題が手に負えなくなると、それを全部僕に押しつけたんだ！」

「何だかよくわからないわ……」

「そうだろうとも。黙って座っていれば金が転がり込んでくると思っているんだろう？ だがあいにく遺書では、アントンは君には一文たりとも遺していない」

ロージィは理解に苦しんで眉をひそめた。「でも、あなたは……」

「アントンは全財産を僕に遺した。これについては前の遺書と同じだ。ただ新しい遺言書で、これに条件が加わった。遺産が欲しければ、君と結婚しろというんだ！」

「け……結婚？」乾いた口の中で舌がもつれる。緑の目が、驚きのあまり大きく開いた。「私が……あなたと……結婚？」

「アントンは君の妊娠を信じ込んだんだ」コンスタンティンは荒々しい笑いをもらして、身をそむけた。「それで慌てふためいて遺言を書き替えた。なぜだ？　自分の身に何かあっても、おなかの子に肩身の狭い思いをさせたくない。かといって、テスピーナにも知られたくない。だからそんな条件をつけたんだ」

「ひどい勘違いだわ」ロージィは身を震わせて訴えた。「アントンと私は純粋な関係だったのよ。嘘《うそ》なんかついてないわ。それに……」

「そんなことを僕が信じると思っているのか？」コンスタンティンが軽蔑しきった調子で口を挟んだ。「一緒に住んでいただろう？　それにアントンは君にくびったけだった」

　ロージィは伸びきった芝生の上の傷んだベンチに、がっくりと座り込んだ。ねじ曲がった解釈が加わった説明ではあったが、やっと全貌《ぜんぼう》が見えてきた。何てひどいことをするの、アントン？　ロージィは叫びたい気持をやっと抑えた。アントンは、公にできない娘に、何とか将来の保証を与えようと必死だったのだ。

　そして生死を気遣う状態の中でアントンが考えついた解決法は、それこそ正気の沙汰《さた》ではなかった。だが、所詮《しょせん》彼は昔かたぎの男なのだ。若い娘は強い男の庇護《ひご》がなければ生きていけないと、信じ込んでいたのに違いない。

「そんな遺言は法的に成立しないわ……」

「法的には問題ない。ただ、裁判で不備をついて無効にできる可能性はある。というのも、アントンは僕と君が結婚しなかった場合の指示を残していないんだ。そのせいで、彼の事業や口座は現在すべて凍結されている。だが裁判など起こしたら、テスピーナにすっかり知られてしまうだろう」

「彼女はまだ何も知らないの？」

「ああ。新しい遺言書は、二日前に秘書が机の引き出しで見つけたばかりなんだ」

「なら、彼女の遺産はどうするの？　もちろんアントンは、彼女にも遺産を遺しているんでしょう？」

「テスピーナはたいへん裕福な家の出なんだ。だから二人で相談して、遺産はすべて僕に遺そうと決めていた」コンスタンティンはロージィの青白い顔を一瞥《いちべつ》して、にやりと笑った。「このことを言いふらして歩こうなんて考えるんじゃないぞ。そんなことをしたらもらえるものももらえなくなる」

ロージィの脚に突然力がこもった。彼女は敵意に目をらんらんと光らせて、ベンチから飛び上がった。

「私は何もいらないわ！」

コンスタンティンは冷たい目で彼女をじっと見つめた。「そうやって値をつり上げられると思っているなら、考え違いだったな。だが、結婚式にちゃんと出るなら、結構な金額の小切手を用意する。それから、できるだけ早く離婚できるように手配してやるよ」

「あなた頭おかしいんじゃない？　あなたがその汚い手でアントンの遺産をつかむために、どうして私があなたと結婚するなんて考えるの？」

頭上で窓ががたがたと開いた。「ロージィ！　タオルはどこだ？」モーリスが上から大声で叫ぶ。

コンスタンティンははっとして一歩下がり、窓から身を乗り出している半裸の男を見上げた。こうして見ると、モーリスはブロンドのキングコングみたいに見えなくもない。

「失礼。お客さんとは知らなくて……」モーリスは遅ればせながらコンスタンティンに気づいて、毛むくじゃらの上半身を引っ込めた。

「何だ、今の男は？」コンスタンティンは、険しい頬骨を上気させてロージィを問いつめた。

「もめごとなら手を貸そうか、ロージィ？」モーリスがたずねる。

「そんなこと死んでも頼まないわ！」ロージィはその申し出にむっとして怒鳴り返した。

窓がためらいがちに閉まった。

「アントンが墓に入って何日もしないうちに、もう新しい男をベッドに引きずり込んだのか！」むき出しの怒りが、黒い瞳を燃え立つ金色に変えている。

ロージィの手が舞い上がって、コンスタンティンの頬をいやというほど打った。不意打ちを食らった彼は、とても信じられないという顔で、ただロージィを見下ろすばかりだった。

「侮辱されるのはもうたくさんよ」ロージィはがちがちと鳴る歯の間からつぶやいた。彼女もまた、自分の過激な反応に茫然《ぼうぜん》としていた。「それから私に指一本でも触れたら、モーリスが黙っていないから！」

「だが、アントンのときは黙っていたんだろう？」

モーリスをだしにしたことを猛烈に恥ずかしく思いながらも、ロージィはコンスタンティンの深い豊かな声が妙に険しくなり、張りつめた雰囲気に何とも言いようのない変化が表れているのに気づいた。

背の高い彼が、くすぶる金色の目で、恐ろしいほど真剣に見つめている。その熱いまなざしと目が合ったとたんに、彼女の心臓が激しく打ち始めた。喉が苦しくて、みぞおちに火がついたようだった。

「それは……まったく別の話だわ」彼女は強烈な視線にすっかり力を奪われてしまって口ごもった。こんな感覚は初めてだった。いきなり体が欲望に満たされるなんて……。なぜなのか、どうしてなのか、そんなことは全然わからない。はっきりものが考えられるような状態ではなかった。

コンスタンティンはすっと後ろに下がった。力強い肢体に、緊張がみなぎっている。黒いまつげが下りてロージィを視界から追いやり、体中の脈を跳ね上がらせ、混乱させ、震えさせていた力の源を断ち切った。

「お遊びの相手をしている暇はないんだ、ミス・ウエアリング。十二時間だけ考えさせてやろう。一番痛むところを突くのはそれからだ」コンスタンティンのゆったりとした話し方は、ロージィの背筋をぞくっとさせた。「僕がちょっと手を出せば、どんなに面倒なことになるかをよく考えるんだ。ここは借家だ。この家の賃貸契約が更新されなかったら、がらくた商売はどうなるかな？」

その言葉にロージィは衝撃を受けた。「まさか本気ではないでしょう？」

険しい口元に、冷ややかな笑みが浮かんだ。「僕が本気になったら、君は次の食事のあてさえなく路頭に迷うだろうね。明日の朝、また寄る」

「どうしてここが借家だとわかったの？」立ち去ろうとするコンスタンティンに、ロージィは力なくきいた。

彼は優雅に振り返った。「そうそう、頼みがあるんだが」彼女の質問は無視して、さらりと言う。「君は男を喜ばせる手管に長《た》けているらしい。なら、それならそれらしく、今度から僕に会うときは、シャワーぐらい浴びておいてくれないか」

ロージィは思い切り息を吸い込んだ。「あなた、何のつもりで……」

リムジンのドアがかちりと閉まった。ロージィは勢いよくコテージに入ると、ダイニングテーブルに倒れ込むように座った。やり場のない怒りが全身を駆けめぐる。一瞬、体がほんとうに爆発するかと思ったくらいだ。私を脅そうとするなんて！　そこまでする価値のある賭《かけ》なのね、きっと。

アントンはどの程度の額を遺したのだろう。ギリシアではホテルやチェーンの店舗などをいくつも持っていた。イギリスでは不動産関係の事業に投資していた。まったくとんでもない遺言書だわ！　そう、それに何とも父らしい遺言書……。いつも衝動的で、過保護だったわね……。

ロージィはこみ上げる涙をのんだ。アントンはいつも誇りと愛情を込めてコンスタンティンのことを話した。裕福なギリシアの両親なら、息子の縁談に多少の口は出すものだ、とも言っていた。

「あら、スペイン人じゃなかったの？」

「マヨルカ人だよ」ロージィの意地悪に、アントンは胸を張って言い返した。彼はギリシアに四十年住んでも、マヨルカに生まれたことを誇りに思っていたのだ。

それにしても、コンスタンティン・ヴォーロスって何ていやな人なのかしら！　ロージィは小さな手をテーブルの上でぎゅっと握りしめた。愛人や物ごい扱いされるのはともかく、アントンを精神的に追いつめて寿命を縮めたように言うことだけは許せない。脅しなんかに負けるものですか。何はともあれ、家主はモーリスの叔父さんなんだから。コンスタンティンのために結婚するなんて、とんでもないわ。

「あれ、兄さんだろ？　まるで地獄の使者だな」モーリスが反対側の椅子にどさっと腰かけた。

「そうよ、あれがお気に入りの息子なんだから！　私にも二十年あったら少しは自慢してもらえたかもしれないけど、四カ月じゃだめね」ロージィははっとして震える口元を手で覆った。言葉尻に羨望《せんぼう》がにじみ出ている。

「今度は自分の身元を明かしたのか？」モーリスがそっとたずねた。

「どうしてあんな男に言わなきゃならないの？　アントンだって彼が信用できなかったから言わなかったのよ」

モーリスはため息をついた。「ヴォーロスは遺産のことで来たんだろう？」

ロージィの口からそっけない笑いがもれた。「私には遺産なんてないの。その代わりにね、アントンは私をコンスタンティンに遺したのよ」

「え？」モーリスは眉を寄せた。

「実際、父は私を彼に押しつけたのよ。保護がないと生きていけない能なしみたいにね！」モーリスがまだぽかんとしているのを見て、ロージィは意を決してすべてを説明し始めた。

「こいつはたまげた……」モーリスは一度だけ息をついたが、あとは一言も言わずに、ひたすら話に聞き入った。

「私が結婚に同意すると思うなんて、ほんとうに傲《ごう》慢《まん》で無知な男よね！」ロージィは同情を求めて訴えた。

モーリスは椅子に寄りかかって、じっと考え込んでいる。「親父さん、ずいぶんと奴《やつ》を追い込んだものだな」

「何ですって？」

「考えてもみろよ。現金が凍結されたら、どうなると思う？」

「アントンの事業のことは何も知らないし、興味もないわ」

「事業が傾くのも時間の問題だ。これじゃ、奴が怒るのも当然だよ」

「あなたいったいどっちの味方なの？」

「いつだって常識と利益の味方だ」モーリスは悪びれる様子もなく言った。「お前は親父さんの事業が、法的ないざこざが原因で崩壊するのを見たいのか？　ヴォーロスはこの問題を法廷に持ち込む気はないんだし……」

ロージィはもぞもぞして顔を赤らめた。この問題をそういう見地から見たことはなかったのだ。

「ヴォーロスがわざわざ敵のところに出向いてきたのは、ほかに手がなかったからだ。もっとも手っ取り早い解決法は、遺書に従うことなんだ」

「あなたまでそんなことを言い出して……」

「ヴォーロスはお前にも面倒をかける分、金を払うと言っているんだぞ。いくら出すつもりかな」げんなり顔のロージィを無視して、モーリスはにっと笑った。「ロージィ、お前の問題はね、理想を追いかけすぎることだ。その点、ヴォーロスや俺は違う」

「なら、明日はあなたが彼の相手をすれば？」ロージィはかっとなって立ち上がり、モーリスに言い返した。

「ご希望なら喜んで交渉に立ち会わせていただくよ。ただ、流血沙汰はよしてくれよ。死体の隠し場所に困るから。それに死人に小切手は書けないぞ」

「明日、家にいるつもりはないわ」

「おいおい、これはビジネスだぞ。奴と暮らす必要も、好きになる必要もない。それでもいやだと言うなら」モーリスはロージィの冷たい顔をちらっと見た。「親父さんの会社がつぶれたら、働いている人たちがどうなるかを考えるんだな。ヴォーロスに復《ふく》讐《しゅう》すると、他人まで苦しめることになるんだぞ」

「復讐なんて考えてないわ。ただほうっておいてほしいだけよ！」ロージィはやり場のない怒りにかられて、部屋を飛び出した。

たっぷりした古いジャケットに身をかがめて足踏みをしながら、何とか寒さをしのぐ。吐く息が白い。凍《い》てついた朝はいつも、マーケットに人出は少なかった。モーリスがぶらりとやってきて、コーヒーを差し出した。ロージィはびっくりして彼をまじまじと見た。「何しに来たの？」

モーリスは目をそらしたまま肩をすくめた。「売れ行きは？」

ロージィは憂鬱《ゆううつ》な顔をした。「さっぱりだわ」

モーリスは陶でできた大きな緑のうさぎを持ち上げた。「これ、お前のコレクションのひとつじゃないか」

今度はロージィが肩をすくめる番だった。「またどこかで買えばいいわ」

「安物なのにこんな値段つけて、売れるわけないよ。手放したくないんだろう?」

図星だった。ロージィはコーヒーをすすった。

「彼、来た?」

「ああ……」モーリスは顔も上げずに台に並べられた品物をあちこち動かしている。「ここを教えた」

「何ですって?」

「店は見ててやるよ。ほら、来た……」

恐怖に怯《おび》えた目にコンスタンティンの姿が飛び込んできた。とたんに、ロージィの心臓は一回転して喉のあたりに着地した。手が震えてコーヒーがそこら中に飛び散っているのに、気づきもしなかった。

長身の彼が台の向こう側に立っている。精力的なハンサムな顔をこわばらせて、がたついたマーケットを蔑《さげす》むように見回した。「これも君のお遊びかい、ミス・ウェアリング?」

モーリスがうなった。彼は身を乗り出すと、コンスタンティンの手に緑のうさぎを押しつけた。「シルヴァック社製の陶器はどうですか。近ごろでは手に入りにくくなっているんですがね」

「がらくたじゃないか」コンスタンティンはそれを受け取るなり台の上に戻した。

「あなたにはものの価値なんてわからないのよ」ロージィは慌ててうさぎを手に取って、彼のせいで壊れたところがないかと確かめてみた。

コンスタンティンは彼女をまるっきり無視して冷たい目でモーリスを見た。「ああ、なるほど……。彼女と話したいなら、金を払えということか」

モーリスは腕組みをした。いつもちゃめっけたっぷりの真っ青な瞳が、喧嘩《けんか》っ早い雰囲気を救っている。「好きにすればいいさ」

「ちょっと、どうなってるの?」コンスタンティンが財布から何枚もの紙幣を抜いて彼女のポケットに押し込むのを見て、ロージィは仰天した。「この人のお金なんて欲しくないわ！」

「払うって言うなら、ありがたく受け取るのが一番だ」モーリスが笑って受け流す。「向かいのパブに連れていってやれよ、ロージィ」

「私はどこにも行かないわ。いっそのこと、お二人でどこかに消えてちょうだい！」ロージィはコンスタンティンの横を通り抜けようとしたが、がっしりした手がさっと伸びて、ロージィの腕をつかんだ。

「放して！」

「ロージィの髪の毛一本でも痛めたら、ただじゃすまないよ」モーリスは穏やかにたしなめてから、ビニール袋を差し出した。「お買い上げの品をどうぞ、ミスター・ヴォーロス。ロージィの宝物だから、くれぐれも大切に……」

　コンスタンティンは袋をつかむと、ありったけの軽蔑を込めて、そばのごみ箱に投げ入れた。陶器ががちゃんと割れる音に、ロージィははっとして息をのんだ。

　モーリスがまたうなった。「まったくしょうがねえ奴だな」

　ロージィはものすごい勢いでコンスタンティンの手を振りほどくと、ごみ箱に駆け寄って袋の中を確かめた。うさぎは直しようがないほどめちゃめちゃに壊れている。彼女は緑の目を燃え立たせてコンスタンティンに噛《か》みついた。「ひどいわ！　何てひどいことをするの？」

「どうしてそんなに叫ぶんだ？」黒い瞳が驚いたようにロージィを見つめる。

「あなたって、わがままで鈍感で、最低の人間だわ！　あのうさぎは、温かい家庭を与えてくれる人にしか、売らないつもりだったのに！」

「なんだ、君は頭がおかしいのか？　それとも騒ぎを起こすのが好きなだけなのか？」コンスタンティンが怒鳴った。

「少なくともあなたみたいに底意地が悪い人間じゃないわ!」

「底意地が悪いだって? 僕にしてみれば、あんながらくたを持って歩いているところを人に見られるくらいなら、死んだほうがましだね!」

ロージィは懸命に怒りを抑えた。少なくともこれでお金を返す手間だけは省けたわね! 彼女はやっとのことで我慢して、手をポケットに入れて歩き出した。舗道から一歩踏み出すと――いや、踏み出そうとしたところで、力強い手に肩をつかまれて押し戻された。目の前を車が勢いよく通り過ぎる。

「死にたいのか?」コンスタンティンがうんざり声で言った。

「よく跳ね飛ばされなかったものだわ」ロージィは動揺していたのだが、それを見せるつもりはなかった。「そうそう、そう言えば、私に死なれたら困るんだったわね!」

ロージィは道を渡ってすぐのパブに行くつもりだった。だが、コンスタンティンは少し先の高級ホテルに向かっている。思わず肩をいからせて、そしてためらった。さっさと話を片づけたほうが、早く帰ってもらえる。ロージィは何だかどっと疲れを感じた。ゆうべはほとんど寝てないし、また、アントンに対して申し訳ないような気分になってしまった。

実の娘と育ての息子がいがみ合うのを見たら、アントンはひどくがっかりするだろう。アントンは遺言書を書きながら、ロージィがコンスタンティンに真実を告げるだろうと思っていたに違いない。なのにそれを知らされていないコンスタンティンが、彼女をアントンの愛人だと思い込んだからといって、そんな彼を責めることはできない。

だったらどうしてほんとうのことを言わないの?

ロージィは唇をぎゅっと噛みしめた。彼女は実際に会うずっと前から、コンスタンティン・ヴォーロスを敵のように思ってきた。アントンの死は、彼女の苦い思いを強めただけなのだ。コンスタンティンが父の愛情を受けて育ったのが悔しかった。ほんとうの娘は私なのに、どうして彼ばかりが、と思っていた。そう、思い切って認めよう。彼が愛情に包まれて暮らしていたころ、母が死んで孤児院に入った私……。

ああ、私ってこんなにまでわからずやだったの？自分がわがままな子どものような感情にとらわれていたことがはっきりするにつれて、ロージィの気持はくじけた。

3

ホテルのロビーに二人の男が待っていた。二人はひどく緊張しているように見えたが、コンスタンティンの姿を見ると、いかにもほっとした様子で駆け寄ってきた。押し殺した声のギリシア語が飛び交う。二人は先に立ってがらんとしたラウンジバーに入り、若いほうが飛んでいって、暖炉のそばの居心地よさそうな椅子をすすめた。

コンスタンティンは黒いカシミアのコートをすっと脱いでゆったりと椅子に座り、ぱちんと指を鳴らした。ロージィが目をこらして見ていると、後ろに控えていたもう一人の男が、頭をかしげてコンスタンティンの指示を受ける。ウェイトレスが呼ばれて、あっと言う間に飲み物が出てきた。

「あの二人組何なの？」

「警備のドミトリとタキだ」

「どうしてそんなのがついてるかは聞かなくてもわかるわ」ああ、ボディーガードまでいるなんて！　ロージィは当惑を隠そうと帽子をむしり取った。色鮮やかな巻き毛が肩にこぼれ落ちる。ジャケットを脱いで古びたセーター姿になろうとしたとき、コンスタンティンがいやに熱心に見つめているのに気づいた。

「何見てるのよ？」ロージィは勢いよくたずねた。

彼は険しい顔で眉を上げ、濃い瞳がきらりと光ったかと思うと、突然、その険しい顔にすばらしいほほえみが現れた。そのほほえみは、ロージィの目をくらませた。闇《やみ》の中でいきなり照明灯をあてられたみたいだった。二人の視線がかち合った瞬間、ロージィは強烈な興奮にとらわれた。どんどん落ちていくエレベーターに乗ったみたいな気分だった。

「目が覚めるような色の髪だね」彼は皮肉っぽくつぶやいた。

「こんな縦巻きのカールをしているのは、ぬいぐるみの人形くらいだわ」ロージィはソフトドリンクのグラスに意識を集中しようとした。汗ばむ手の中でグラスが震えている。

教会で震えが走ったのは、出会いのショックのせいだと信じ込んでいた。ところが昨日のあれは、間違いなく性的な反応だった。一瞬、思春期の女の子みたいな混乱状態に陥ってしまった。でもあれは私のせいではない、しかたがないことだったのよ。ロージィは自分にそう言い聞かせた。彼に特別な感情を抱いてのことではないのだから。だから真っ赤な顔をして脚をぴったり閉じて座っている必要など全然ないのよ。

こんなにどぎまぎさせられるのは、ただ相手が悪いだけなのだ。彼は信じられないほどのハンサムだが、問題はそこにあるのではない。コンスタンティン・ヴォーロスには何かもっとずっと危険なところがあった。触れたらやけどしそうなほど熱い官能的な魅力……。ロージィは、ロビーの反対側から年配の女性が彼の厳しい横顔をじっと見ているのを、目の片隅にとらえた。やっぱりそう。彼が悪いだけよ。

「出会った状況が悪かったことは認めよう」彼はつぶやくように言った。「だが、もう口論は終わりだ。この不運な出来事は、分別をもって静かに片づけるのが一番だと思う」

ロージィは身を乗り出した。体がこちこちに緊張している。「実は私、ほんとうのことを話してないの」彼女はぎこちなく話し始めた。「だから必要以上に話が混乱してしまって……。でも、あなただって勝手な想像をして、ずいぶんひどいことを言ったわ」

「何の話だ？」

ロージィはとぎれがちに息を吸い込んだ。「私はあなたが思っているような人間ではないの。アントンの娘なのよ。〝毛布の裏側で生まれた〟って言うじゃない……。あれなの」

コンスタンティンはロージィをまじまじと見ていたが、やがて疑わしげなまなざしを向けた。「何のつもりでそんな突拍子もないことを言うんだ？」

ロージィは眉をひそめた。「だって、ほんとうのことだもの。認めたくない気持はわかるけど、アントンは私の父なのよ」

彼の口元が嫌悪といら立ちにゆがんだ。「君はほんとうに大嘘《うそ》つきだな。君が少しでもアントンと血のつながりがあるなら、弁護士が知らないはずはないだろう？」

ロージィはぽかんとして彼を見返した。真実がこれほどあっけなく否定されるなんて、考えてもみなかったのだ。「でも、アントンは誰にも言わなかったから……」

「じゃあ、証拠はどこにある？」

「だって、私を捜しあてたのはアントンのほうなのよ」

「娘だったら小切手の額が増えるとでも思ったのか？　だとしたらとんでもない思い違いだ」コンスタンティンが思わずたじろぐほどの勢いで、噛《か》みつくように言った。「もうこれ以上、変な作り話で僕の時間を無駄にしないでくれ！」

　ロージィはうなだれた。証拠？　証拠なんてない。出生証明書にアントンの名前はないし、コンスタンティンは頭から彼女が嘘を言っていると決めつけていて、話を聞こうともしない。今まで考えてもみなかったが、アントンの死とともに、彼が父親であることを立証する方法もなくなってしまったのだ。それで何をしようと思っていたわけでもないのに、現実に見放されたようなつらい思いがこみ上げてきた。

「本題に移ろう」コンスタンティンがそっけなく提案した。

　彼にまるきり信じてもらえず、すっかり侮辱されたロージィは、その場を立ち去りたくてたまらなくなった。でも、そんなことをしても彼が追いかけてくるだけだ。

「同意してもらえるなら、できるだけ早く挙式の手続きを取る。君にはロンドンの弁護士事務所を通して連絡する。すべて滞りなくおさまったら、十分な額の迷惑料を支払うつもりだ」彼が口にした金額は息をのむほどたくさんゼロがついていた。「僕からの頼みは、言動を慎んでもらうことと、エストラダの婚約指輪を返してもらうことだ」

　ロージィはひきつった顔を上げた。「いやよ」

「家宝なんだ。返してもらう」

「いや」

「古いものではあるが、石に傷があって、たいした価値はないんだ」

ロージィは思わずたじろいだ。敏感な胃に吐き気が鉛のかたまりみたいに居座っている。「何かほかに方法があるはずよ」

「あったら、こんなことを頼むと思うか？」

その吐き捨てるような言い方に、ロージィは顔を赤らめた。そう、彼にはこうするしかないのだ。彼がここにいること自体がそれを物語っている。ほんとうはロージィの力を借りたいなどとは、これっぽっちも思っていないに違いない。

「でもテスピーナには気に入ってもらえたみたいだし……」ロージィはぎこちなく言い出した。「彼女は私たちが婚約していると思っているのよ。どうして秘密にしなくてはいけないの？」

「ほんとうの君がどういう人間かを知っていたら、気に入ってくれたと思うか？　いや、激怒しただろうね。彼女には、衝動的にプロポーズしたが後悔して解消したとでも言っておくよ。結婚のことを知らせるつもりはない。もう二度と君を彼女に会わせたくないんだ」

ロージィはぎこちなく目を伏せた。愛人はともかく、たとえ娘であることが知られたとしても、テスピーナからよく思われることはないだろう。だがこの便宜上の結婚に同意すれば、コンスタンティンは事業を受け継ぎ、社員はその恩恵にあずかり、テスピーナの困惑も永久に晴れることになる。すべては元通りになるのだ。私など最初から存在しなかったかのように……。

「お金はいらないから、代わりに指輪をちょうだい」彼女はジャケットを引き寄せて立ち上がった。「じゃあ、これで失礼するわ」

「報酬は払いたい。同意してくれるんだね？」

「ええ、同意するわ。でも、純粋にアントンの思い出に敬意を払う気持からそうするのよ。もっとも、あなたみたいにお金のことしか考えていない人に、そんな気持をわかってと言っても無理よね」彼女は嫌悪に満ちた言葉を投げ、さっときびすを返した。

「僕が考えているのはアントンの妻のことだけだ」コンスタンティンが恐ろしく冷たい声で言った。

振り返ったロージィの華奢《きゃしゃ》な顔には軽蔑《けいべつ》が張りついていた。「あら、ご自分は夫を持つ女性と気ままな情事を楽しんでおいて、よくそんなことが言えるわね！」

　コンスタンティンは椅子から飛び上がった。「何だって？」

　ハンサムな褐色の顔がショックにこわばるのを見て、ロージィの大きな緑の目が活気づいた。「女優のシンツィア・ボルゾーネとの秘密のおつき合いの話よ。だから、私の前で聖人ぶるのはよしたほうがいいわ！」

　頭を高く掲げて立ち去るロージィの背後から、ギリシア語が機関銃のように浴びせられた。ロージィが自分のプライバシーをそこまで知っているとは思わなかったのだろう。

　この不実な関係は、もちろんアントンからさんざん聞かされたのだ。アントンに言わせると、彼はたった二十五歳で夫のいる女の策略に引っかかったのだった。夫のほうは、最終的に金が手に入るなら、妻の浮気にも喜んで目をつぶるような男だという話だった。

　アントンと妻テスピーナは、この四年間ずっと、二人の関係が終わることを期待したが、コンスタンティンにとっては、関係を持ったどの女性よりもシンツィアがいいようだったという。もしかしたら、遺言書を書き替えたとき、こうした事情もアントンの頭にあったのかもしれない。

　アントンは、結婚することでコンスタンティンが人妻をあきらめるだろうと思ったのかもしれない。そんなこと、ありそうもないことなのに……。しかも父は亡くなるずっと前から、ロージィとコンスタンティンが出会い、熱烈な恋に落ちて、結婚する場面を想像しては顔をほころばせていたことを、ロージィは知っていた。それが、テスピーナを傷つけずにロージィを家族の一員として迎え入れる唯一の方法なのだ。

ロージィが戻ったのを見て、モーリスは驚いて眉を寄せた。「またヴォーロスから逃げてきたなんて言わないでくれよ」

「ちゃんと話をつけてきたわよ。言うとおりにするって。娘だってことも言ったわ。信じてもらえなかったけど」彼女は弱々しくほほえんだ。

モーリスはびっくりしてロージィを見た。「何で信じないんだ?」

「私、アントンに似てないもの。証拠だって何もないし……。実際、ああしてコンスタンティンと向かい合って座ってると、あの四カ月が夢だったような気がしてくるわ」ロージィはそっけなく言い、売り場に戻った。

「でも、アントンはお前の母さんが送った写真を持ってたじゃないか」

「写真の話は出なかったわ。処分したのかも」疲れ果ててもう何も感じない。ロージィは肩をすくめた。「どのみち、今さらどうだっていいことだわ」

その夜遅く、玄関でドアがばたんと閉まった。掃除でくたびれてソファーでうとうとしていたロージィは、びくっとして目を覚ました。すると興奮した様子のモーリスが居間に飛び込んできて、彼女の膝にかなり読み込まれた感じのゴシップ雑誌を投げ出した。「ローナの雑誌だ。奴《やつ》のこと、何から何まで知ってたぜ」

「何のこと?」ロージィは眠たげにつぶやいた。

「妹は有名人にくわしくてね、名前を出したとたんに心あたりがあるって、雑誌を引っぱり出してきた。ヴォーロスって奴は大物だぜ。億万長者さ! 親父《おやじ》さんなんか足下にも及ばない」

「だったら何なの?」ロージィはうーんと言いながら立ち上がった。

「ロージィ、結婚する前でもあとでも、書類には一切サインするんじゃないぞ。ヴォーロスには親父さんの金は必要ないんだ。すでにうんざりするほどの金持なんだから。だから、邪魔だからという理由だけで、やっかい払いされるのは割に合わないぜ」

「私、もう寝るわ」

「ロージィ、お前の代わりに頭を働かせているんだ。お前にも権利ってものがあるんだからね」モーリスはじりじりして言った。「ヴォーロスが何をしているか親父さんが知ったら、墓の下で寝返りを打つぜ!」

「モーリス、私はコンスタンティンからもらいたいものなんて何一つないのよ」

でも彼がアントンよりお金持ってほんとうかしら? 確かにアントンは、リムジンに乗ったり、ボディーガードを雇ったりはしていなかった。ロージィは肩をすくめた。まあ、どっちだっていいわ。お金持だからって、彼が強欲でない証明にはならないんだから。

それでもロージィは雑誌を持ってベッドに入った。ディナージャケット姿のコンスタンティンの写真が載っている。目を奪われるほど精悍《せいかん》で、スマートで、危険な男だ。美しいブロンドの女が、逃がすものかとばかりに腕にしがみついている。ロージィはその女性を哀れみの目で見た。蹴《け》り飛ばして逃げなきゃならない相手なのに……。そのくらいのこと、男性経験に乏しい私にだって、一目でわかったわ。

それから三週間後、ロージィは指定されたとおりに近くの町の役所へと車で向かっていた。どうにもこうにも落ち着かない気分だった。アントンは彼女に、ほんとうの娘だったら過ごしていたはずのライフスタイルを与えようとした。その方法はむちゃくちゃで、とても許せるようなものではなかったが、アントンはそれを彼女を守りたいという真摯《しんし》な気持から書いたのだ。その気持を裏切っていることに罪悪感を感じた。

愛車の小型バンを駐車場に入れようとしていると、今ではおなじみのリムジンが見えた。役所の入口にはコンスタンティンの二人のボディーガードが立っている。どちらも春のヨークシャーには不釣り合いに寒そうな格好をしていて、若いほうのタキはくしゃみをしていた。ロージィが近寄ると、二人が競って彼女のためにドアを開けようとした。

「遅いぞ」コンスタンティンが近寄ってきて文句を言った。

「でも来たじゃない」ロージィがきっぱりと言った。「あまりけちばかりつけないでね」

彼はロージィの革ジャケットとジーンズをぎょっとしたように見た。「何てひどい格好なんだ。アントンは服の一枚も買ってくれなかったのか？」

ロージィは彼の服装に気づいて顔を赤らめた。すばらしい仕立ての紺のスーツと純白のシャツに金色のネクタイをしている。「まさか。私がこんなお芝居のために着飾ると思っていたの？」

「これは芝居ではない」コンスタンティンが威圧的な調子でやり返した。「これから僕たちは法的に正式な夫婦となるんだ」

すると事務員がやってきて、民事結婚をとり行う部屋に二人を導き入れた。ロージィがぴたりと立ち止まる。「いやだ、どうしよう」彼女は小声で必死に訴えた。「ああ、こんなことに同意するんじゃなかった……」

長い褐色の指が、ロージィの手を包んで前へとせき立てた。「テスピーナのためにやるんだ」

気の毒な夫を亡くした妻の名前を聞いて、ロージィの顔から血の気が引いた。これは隠蔽《いんぺい》工作なのだ。波風立てずにコンスタンティンがアントンの遺産を受け継ぐには、遺言どおりにするしかない。不快でも我慢するしかない。ロージィはテーブルに飾られたしおれぎみの花に意識を集中していた。しばらくすると、コンスタンティンが氷みたいに冷たい彼女の手を取って、左の薬指に金の指輪をはめた。彼女はそれを、人ごとみたいにぼんやりと見つめていた。

「車で来たんだろう？」外の舗道に出たとき、コンスタンティンがきいた。「鍵《かぎ》をくれ」

「鍵？」鍵ならすでに手の中にある。「でも、どうして？」

彼はロージィの手から鍵をさっと取り上げて、それをタキに投げながらギリシア語で何か言った。

あっと言う間の出来事だったので、ロージィはただ茫然《ぼうぜん》と走り去っていくタキを見送るしかなかった。

「いったい何のつもりなの？」

「君の家に車を返しに行かせた。今晩はホテルに泊まるからね」コンスタンティンがつかまえるように肩に手を回すと同時に、リムジンが目の前に止まった。

「な……何ですって？」ロージィは仰天して彼を見上げた。

「式のあとですぐ別れたら変に思われるだろう？」

「いったい誰に？」

「誰であろうと疑われては困る。偽装結婚の罪を着るつもりはないからね」

「でも、実際そうしているじゃない！」

「だから、ばれないようにするんじゃないか」

「あなたと夜を過ごすなんて絶対いやよ！」ロージィは力を込めて言った。

「あきらめるんだね。これも契約のうちだ」

ロージィは腕を組んできっぱり言った。「とんでもないわ。あなたってほんとうに信用できない人ね！」

「車に乗るのを手伝ったほうがいいかな？」ロージィを見つめる濃い瞳がきらりと光った。

ロージィは一瞬ためらったが、怒りにまかせてさっとリムジンに乗り込んだ。「人を脅して言うことを聞かせるなんて、男の風上にも置けないわ！」

「それは残念」そうさらりと受け流しながら、彼がいつまでもじろじろと見るので、ロージィは居心地が悪くなった。「君が怒鳴るたびに殴りたくなるほど腹が立つよ。君を相手にしていると、自分のいやな面ばかりが出てきてしまう。アントンはよほどうまくだましたんだな。彼が君の口に耐えられるとは思えないからね」

「私の口のどこがいけないの！」

「恐ろしくセクシーな口だ……閉じていればの話だがね」伏し目がちの視線がふっくらしたピンクの唇の上をさまよう。

ロージィは狼狽《ろうばい》して赤くなった。「私に向かってそんな言い方はしないで」

「僕に口のきき方を指図するのはやめてくれ」彼は穏やかに言った。「そんなことをする人間はいないんだ」

暖かいリムジンの中で、ロージィはふと寒気を覚えた。「あなたと一緒にホテルに泊まるなんて、とてもできないわ」

「だが、君はそうするんだ。これも契約のうちだ。僕は、あとになってこの結婚が無効だと言われる可能性を少しでも残すつもりはない。僕はただ厳密に法に従おうとしているだけなんだ」

沈黙が重苦しく二人にのしかかる。

「アントンはどれだけ僕のことを話したんだ？」コンスタンティンが突然たずねた。

「もうやめてって言いたいくらいよ！」

彼の魅惑的な唇がゆがんだ。「何でも話せる間柄だと思っていたのに……。君のことはさすがに恥ずかしくて言えなかったんだな」

「アントンは、私のことを恥じたりしてはいなかったわ！」

「君が登場するまでは、アントンはとても幸せな結婚生活を送っていたんだ」

ロージィは唇を噛んで黙っていた。アントンはロージィの居所を突き止めるのに何年もの月日とお金を費やした。ロージィが九歳になるまでは、母のベスが誕生日ごとに写真を送っていたのだが、差出人の住所は空欄のままだった。母はどうしてそんな手間をかけてまで、アントンのロンドンのオフィスに写真を送ったのだろう。二人の短い情事を苦い思いで記念するためだったのだろうか。ベスの人生を台なしにしてしまい、アントンはたった一人の子と生き別れになってしまった。そういう情事を……。

ロージィにはわからなかった。彼女がくわしい経緯を知ったときには、母はとうに亡くなっていたのだ。だが、母が夫から何かとつらく当たられていたのはいまだに覚えている。義父は、結婚したときに妻が自分の子でない赤ん坊を身ごもっていたことを最後まで許せなかったのだ。ベスが死んで一週間もしないうちに、養父は福祉事務所の係を呼び立てて、自分の子ではないから連れていけと怒鳴った。そうすることで彼なりの復讐《ふくしゅう》を果たしたのだ。

リムジンが別荘風のホテルの前で止まった。ロージィはのろのろと車から出た。「こんなのばかげてるわ」

「君の格好がいけないんだ。それじゃ、来る途中でヒッチハイカーを拾ってきたと思われてもしかたないだろう」

すばらしくエレガントなロビーで、コンスタンティンがチェックインをすませるあいだ、ロージィはずっと離れたところに立っていた。ホテルの受付嬢は、さすがにあからさまに見るようなことはしなかったが、ときおりこっそりこちらを盗み見ている。ロージィは赤くなって後ろを向いた。

二人は二階のスイートに通された。家具調度の美しい部屋だった。続き部屋へのドアを見て、ロージィは急いで中を確かめに行った。バスルームと、ベッドがひとつあるきりだ。ロージィは驚き、あきれた。彼は頭がおかしくなってしまったんじゃない？

「私があそこで寝ると思ったら大間違いよ！」

「僕がベッドで寝る。君はソファーだ」

ロージィは一瞬息を吸い込むのも忘れて、丸く見開いた目で彼をじっと見つめた。

「朝、枕《まくら》をしわくちゃにすればいいさ。タキにはついでに君の服を取ってくるように言ってある。モーリスはきっと立派に対処してくれると思うよ」コンスタンティンはあざ笑うように言った。「あのいかついボーイフレンドは、金さえきちんともらえれば君を人食い人種にでも売り渡すだろうからね」

「モーリスは友達なのよ。恋人じゃないわ！」

コンスタンティンは眉をぐっと上げて、口元をゆがめてみせた。

「あなたって汚れてるわ！」ロージィは声を荒らげて言った。

すると彼の険しい口元に、ほほえみのようなものが宿った。「威勢がいいね。興味をそそられるよ。アントンの女でなかったら、ベッドに連れていきたいところだ」

ロージィの怒りはひどいショックに変わった。ロを動かそうとしたが、言葉が出てこない。

「そうしたら君は、五分もしないうちにすっかりおとなしくなるだろう」

ロージィはやっとのことで舌を上顎から離した。体が震えている。「たいした想像力ですこと」

コンスタンティンはわざとらしく両手を広げた。「お互いにわかっていることを、どうして無視できる？　最初に僕を見たとき、熱くなるのを感じただろう？　それは僕も同じだ。僕たちは肉体的に惹《ひ》かれ合っている。ひどく単純なことじゃないか」

ロージィはふっと笑いをもらした。「考えられないほどのうぬぼれだわ」

「炎を炎で迎え撃つ覚悟がないうちは、ギリシア人に挑戦的な態度をとらないほうがいい」コンスタンティンの声は穏やかだった。「それとも、君はそれをお望みなのかな？」

黒く熱い瞳が、ロージィをじっと見つめている。空気が恐ろしく張りつめて、心臓の音が聞こえそうなくらいだった。そのとき鋭いノックの音がして、ロージィは飛び上がった。ドミトリが入ってきた。

ロージィは頼りない足取りでソファーに向かい、そこに座り込んだ。体中に鳥肌が立っている。胸が張って痛い。彼には、ただそこに立っているだけで、ただ見つめるだけで、彼女の体をここまで反応させる力があるのだ。それがとてつもなく怖かった。

彼は一番の弱点をついてきた。敵意むきだしの彼女に笑いかけさえした。彼には二人のあいだの性的な反応をあっけらかんと話しながら、笑っていられる余裕があるのだ。肉体的に惹かれ合っているなんて、恥ずかしげもなく……。でもそれも当然かもしれない。コンスタンティンは、骨の髄からギリシア人なのだ。きっと自然界でもっとも強い衝動に対して、開放的なのだろう。だが、何よりもっともロージィを動揺させたのは、彼があっさりと自分も彼女と同じ気持だったと認めたことだった。

でも、彼は九十パーセントが欲望を満たすだけの野獣なのよ。人間の部分は十パーセントぐらい。ああ、私って何ていい趣味しているのかしら……。ロージィは、ドミトリが携帯用のパソコンを窓のそばのデスクにセットするのをぼんやり見つめた。ポーターがファックスの機械を持ってきた。ウェイターが入ってくる。トレーにはコーヒーが……一人分！彼女の目にかっと炎が燃え上がった。ウェイターは困ったように目で彼女に助けを求めたが、彼女は無視を決め込んだ。飲みたがっていると思われて、思い出したように追加を頼むことになるのはプライドが許さなかった。

その間、コンスタンティンは、彼女に背を向けて携帯電話で話していた。フランス語だ。ズボンのポケットに突っ込んだ大きな褐色の手にジャケットが持ち上がり、引き締まったヒップと長い脚がのぞいている。服を着ている彼はほんとうにすてきだった。着ていなかったら……と思うと息ができなくなった。そして、そんなことを考えた自分がつくづくいやになって、テレビをつけて音楽チャンネルに合わせた。

「音楽なら、寝室のテレビを使ってくれないか」コンスタンティンは電話の会話を中断し、いらついた顔で言うと、またくるりと背を向けた。

ロージィは腹立ち紛れにポケットに手を突っ込んで、ぱっと立ち上がった。「少し散歩してくるわ」

コンスタンティンが振り返った。「外はだめだ。ここで髪でも洗っててくれ。僕は仕事があるんだ」

ロージィは叫びそうになるのを深呼吸してこらえた。「何をするかは自分で決めますわ、ミスター・ヴォーロス」

「僕と一緒のときはそうはいかない」彼は電話をほうったまま、思い切りロージィをにらんだ。

ロージィはポケットの中の手をぎゅっと握った。

「どうしてそんなことが言えるの？」

「まったく《クリストス》、一晩君をリムジンのトランクにつめて、花嫁の代理を借りてくれればよかった。いくら遺産が入るといってもこれじゃたまらないよ。そんな十五の子どもみたいな格好をして、新婚どころか変態だと思われてるかもしれない。しかも君はすねていないときは、チワワみたいに足下できゃんきゃんとうるさくてしかたないときている」

ロージィは激しい怒りに身を震わせた。「何てひどいことを……」

「君のベッドに四カ月いたのが僕だったら、おとなしくするタイミングぐらいは心得られたはずだ」

「そんなに長く生かしちゃおかなかったわ」ロージィは激しい怒りに震える声でやっと言った。

「そうかな？」彼はにやりと笑った。「いや、最初の一週間でおとなしくなったと思うよ。アントンと違って、僕はちっとも忍耐力がなくて、期待のほうは大きいんだ。今のところ君に対する評価は限りなくゼロに近いね」

「まあ、十分前には口説こうとしたくせに！　うまくいかなかったから癇癪《かんしゃく》起こしてるんだわ」

コンスタンティンは目を細め、驚いた様子で彼女を眺め回した。「口説く？　あれが？　なるほど、それで悩んでたのか。僕がよだれをたらして追いかけるとでも思っていたんだろう？　うぬぼれはどっちだ。今の君にはセックスアピールなんかこれっぽっちもないんだぞ」

「それ以上何か一言でも言ったら、私は……私は……」

漆黒の眉が問いかけるように上がった。「どうする？　噛みつくのか？」

ロージィは腹が立ちすぎて言葉もなかった。ただほてった顔で大きな緑の目に炎を浮かべてあえいでいた。

「いいかい、お人形さん、ひとつはっきりさせておこう。僕に噛みついたりしたら、こっぴどくやり返されるだけだ。次は僕を食いぶちにしようなどという思い上がった計画を立てているなら、考え直すんだな。僕は熱を感じても溶けるつもりはないんだから」

「あなたって傲慢《ごうまん》で最低の男だわ！」

「やっとお互いわかり合えたようだな」力に満ちた美しい瞳が、豊かなまつげの陰に隠れる。彼はのんびりとつぶやいた。「今日の教訓は、若い男に邪険に扱われるよりは、じいさんにかわいがられていたほうがましということだ」

ロージィは怒りにぶるぶる震えながら彼から離れた。こんなに人を憎いと思ったことはない。もう殺してしまいたいくらいだった。私にモーリスの筋力があったなら、コンスタンティンを持ち上げて、ぐるぐる回して地面に叩《たた》きつけてやるのに……。

また携帯電話が鳴った。

ロージィはよろよろする足で寝室のドアにたどり着いた。

「入力はできるか？」コンスタンティンが突然たずねた。まるでさっきの会話はなかったみたいな平然とした口調だった。

「入力？」

「口述は？　できるだけ内密に進めたい仕事なのに、秘書がいなくて不自由してるんだ」

「私は入力も口述もしないの」ロージィは噛みしめた唇のあいだから、ささやくように言った。

彼は驚く様子もなく、ロージィのほっそりした体をじろりと見て言った。「そうか。だが、中年の上司の膝でおねだりするのはさぞかし得意なんだろうね」

4

一時間後、タキが見苦しいスーパーの袋を下げて寝室に入ってきた。ロージィはモーリスがつめてくれた袋の中身を確かめて仰天し、電話に飛びついた。

「この荷物は、冗談か何かのつもりなの、モーリス？」ロージィはかっかしながら、袋の中のひらひらのネグリジェやスリップドレス、ストッキングといった代物を引っかき回した。ベルベットのハイヒールやクリスマスにモーリスの妹がくれたメーキャップセットまで入っている。もちろん替えの下着も、歯ブラシも見あたらない。

「だって新婚初夜だろ？　少しはおしゃれがしたいんじゃないかと思ってね」

「は、は」ロージィにはちっともおかしくない。

「ヴォーロスに何かにサインさせられたか？」モーリスが心配そうにたずねた。

「いいえ、ホテルの台帳さえサインしてないわ」

「結婚前にサインしても、裁判にでもなれば紙切れ同然だからな。そのうち、財産請求権を放棄する書類にサインしろと言い出すに決まってる。新聞に結婚の話を嗅《か》ぎつけられたりでもしたら、奴《やつ》の計画も丸つぶれだがね」

「ねえ、モーリス、あなたのことは好きだけど、今のあなたは欲深いばかりで恥ずかしいわ！」ロージィはきっぱりと言うと、電話を叩《たた》きつけるようにして切った。

そのあとルームサービスに電話して、メニューを持ってきてもらった。それほどおなかはすいていなかったが、ロージィはポットの紅茶とチキンのサンドイッチにできるだけ時間をかけた。もともとあまりテレビは見ない主義なので、それが終わると隣の部屋からひっきりなしに聞こえてくる電話やファックスの音を聞きながら彼女は部屋の中を行ったり来たりした。退屈といらいらがどんどんつのってくる。

　午後七時にもなると我慢も限界に達した。だいたい、人を脅してホテルの寝室に隠すなどという行為を許していいのだろうか。一人で階下に行ったからといって誰が変に思うだろう。このにせの夫は自己中心的で、無神経な仕事依存症の男なのだから。

　ほんとうに、憎たらしくて気が短い最低の男だわ！　ロージィはぷんぷん怒りながらバスルームでシャワーを浴び、また考えた。黒い天使さながらのどきっとさせられる容姿に、荒々しい野獣のような気性を掛け合わせたような男だ。しかも残酷なくらい辛辣《しんらつ》だった。

　体の大きさではかなわないので、ロージィはまず口で身を守ろうとした。だが隣の部屋では、ほんの数分のうちに、コンスタンティンにあっけなくやり込められてしまった。私のほうは、彼の固い殻にへこみひとつつけていないというのに！　それどころか、完全に守勢に回っている状態だわ。彼のためにここまで協力してあげているのに、お礼を言うどころかあの態度！

　まあいいわ。明日の朝にはもらった小切手を目の前で破って、モラルの面ではどっちが優れた人間かを見せつけてやるんだから。ロージィは顎を上げてバスルームから出た。口紅を薄く引き、荷物に入っていたアイシャドーをちょっと試してみる。ドアをほんの少し開けて隙間《すきま》からのぞいてみると、コンスタンティンは電話に向かって冷ややかな口調で話していた。

「明日では遅すぎる。僕がすぐと言ったら、今すぐ総力をあげてやるんだ」

　ロージィはこっそり部屋を出て、彼が背中を向けている隙に壁伝いにそろそろと進み、静かに静かに外へ出た。廊下に出ると、ボディーガードの二人には目もくれずに靴を履いた。タキがひどく咳《せ》き込んでいる。エレベーターに入ったところで、そのタキが一緒に乗ってきた。一階で下りて、落ち着いた雰囲気のバーに向かうあいだも、遠巻きに後ろをついてくる。

まあ少なくともタキがいれば、部屋から持ってきたホテルの雑誌を読むふりだけはしなくてすむわね。ロージィは暗い気分で考えた。一人で座っているだけでそれを誘いと思い込む男もいるから、忙しいふりをする計画だったのだ。

バーの中をエレガントに進むロージィに、男たちの頭がいっせいに振り返った。赤いカールが形のよい顔を華やかに飾る。色白の肩を出したラズベリー色のスリップドレスが、ほっそりした体の曲線をたどって、驚くほど長い脚へと続いている。ロージィが席につくと、タキはウェイターを呼んで、また咳き込み始めた。

「寝ていたほうがいいんじゃない？」どうも熱がありそうな顔をしている。「でも雇主がコンスタンティンじゃ、ばったり倒れて死ぬくらいしないと、気づいてもらえないかもね」

タキは怪訝《けげん》な顔をした。どうもあまり英語はわからないらしい。また咳《せき》を始めて、その合間に何やらしきりに言っていた。どうも謝っているようだった。

「ああ、もういいわ、そこに座って！　クローブ入りの温かいウィスキーを頼んであげるから。頭がすっきりしてよく眠れるわよ」

タキはきょとんとしながらも椅子に座った。だが、ロージィが頼んだダブルのウィスキーには、ためらいがちに首を横に振った。

「飲みなさい！」

コンスタンティンと違って、彼は素直だった。実際、一気に飲んだあとは、やたら饒舌《じょうぜつ》になった。ギリシア語だったので一言もわからなかったが、そのほうがよかったに違いない。酔った目でほれぼれとロージィを見ている。

「いったい何のつもりだ！」怒りにあふれた言葉が浴びせられると同時に、テーブルに大きな人影が落ちた。ロージィはびくっとして、手に持っていたグラスのワインをこぼした。

タキは慌てて椅子から飛び上がり、そのまま大きな音をたててひっくり返った。事情を察したドミトリが、タキを抱えて出ていった。コンスタンティンが怒りで目を金色に光らせて、ロージィをじっと見つめている。

「君が部屋を出たのは気づかなかった。すぐに戻るんだ」彼はすごみのある低い声で命令した。

コンスタンティンの恐ろしく横柄な態度には、彼女の一番悪い面を引き出すところがあった。その態度に血管を貫くほどの恐怖を感じたとしても、どうにも自分が抑えられなかった。「戻らなかったら？　むち打ちの刑が待ってるのかしら。私はここでのんびりしたいの」

「上に戻れ」コンスタンティンは吐き出すように言った。褐色の肌が怒りに青ざめている。

「ご主人様の言うことが聞けないのかってこと？　おあいにくさま」

「契約はどうなったんだ」コンスタンティンの威圧的な低い声に、ロージィは背筋がぞくっとするのを感じた。「君の行動はまったく見当違いだぞ」

ロージィは頭を高く掲げた。火のように赤い髪が、瞳に負けないほどの輝きを帯びる。「あら、私は結構うまくやってるつもりよ。私の役回りは頭が弱くて軽い女でしょう？　そういう女が鼻の下伸ばした金持のおじさんと結婚するっていうのはよくあることだわ」

「何だって……」コンスタンティンの高い頬骨に、ゆっくりと血の気がのぼっていく。

「ところがおじさんがちゃんと相手をしてくれないので、若妻は退屈して暇をつぶしに来たの」

「みんながこっちを見ている」彼は動物的な優雅さで椅子に腰を下ろした。だがロージィには、むしろ襲いかかる瞬間に押しとどめられた獰猛《どうもう》な虎《とら》のように見えた。

「当然でしょう？　しかもあなたのおかげで、この筋書きにますます真実みが出たわ。疑惑にあふれた新郎が、怒りでおかしくなってご登場、ってことになったんだもの。怒鳴られてしゅんとした花嫁のふりをしてあげるわ」ロージィは肩をすぼめて頭をたれてみせた。「でも上に戻って、またあの寝室で植物みたいにじっとしているつもりはありませんから」

　コンスタンティンは黙ったまま、ゆっくりと深く息をついた。

　ロージィはにっと笑った。「あなたって利口だわ、コンスタンティン。だって力ずくでここから連れ出そうとしたら、大騒ぎになるんですものね」

「ああ、これほど明日の朝が待ち遠しかったことはないよ」コンスタンティンは白い歯を食いしばって悪態をついた。

「ええ、私たち赤い糸で結ばれていたわけではなさそうね」

「君はほかに人がいるときは大見得を切るんだな」

「だってあなたは体格がいいもの」

「モーリスだってそうだ」

　ロージィはふとほほえんだ。「モーリスは子羊みたいにおとなしいのよ。癇癪《かんしゃく》起こすことなんて絶対ないわ」

「君の尻の下に引かれてるからね」コンスタンティンが痛烈にやり返した。

「あなたは何でも言いなりで奉ってくれる女の人が好きなんでしょう？　ハーレムの王様に生まれればよかったのにね」

　彼の濃いまつげが伏せられた。官能的な口元がゆがむ。「今、何カ月もかけて準備してきた企業買収の最中なんだ」まつげがさっと上がり、鋭い瞳が現れた。「君は信用できない。新婚初夜だと思わせたいのに、君に男を拾われるようなことがあっては困るんだ」

「私は男を拾うようなことはしないわ。そんなこと、一度だってしたことないわ」

「ここにいる男は、みんなよだれをたらして君を見ているじゃないか。君には指で手招きする必要さえないね。第一、ふつうの女なら、バーにぼんやり一人で座っていたりはしない」

「タキが一緒だったわ」

「酒で正体不明にさせただろう」

「風邪ひいてるみたいだったから、すすめたのよ。あんなにお酒に弱いとは知らなかったわ」ロージィは顔をしかめた。

「解雇の対象になるような判断ミスだ」

　ロージィは真っ青になった。「そんな、ひどいわ、コンスタンティン。私が無理にすすめたのよ」

「君と一緒にベッドに行くこともすすめたのか？」

「何のつもりでそんなことを言うの？」

　黒い瞳がきらりと光った。「タキが言うのを聞いたんだ。まったく、雇主の妻を口説こうとするとは……」

「妻？　私はあなたの妻なんかじゃないわ！　百万ポンドもらったっていやですからね！」

「いや、そんなことはないだろう？　もっと少ない額でもいけるんじゃないか？」コンスタンティンは皮肉たっぷりに決めつけた。「アントンにはいくらでいいと言ったんだ？　賃貸しの家に押し込められて、家さえ買ってくれないのに……」

そのとき突然、ロージィのグラスに残っていたワインを顔に浴び、コンスタンティンは驚きに言葉を失ってただロージィをにらみつけた。

ロージィは立ち上がって、嫌悪に満ちた視線を返した。「あなたと比べれば、ネアンデルタール人だってアインシュタインに見えてくるわ！」

エレベーターのドアが閉まる前に、コンスタンティンが追いついた。ロージィはすっかり度を失って力まかせにボタンを押し続けた。彼がうなり声をあげてロージィを抱え込み、やっとエレベーターのドアが閉まった。

「放してよ、この原始人！」

彼は燃えるような金色の目でロージィを見つめながら、彼女の腰に手を広げて力強く引き寄せた。引きしまった男らしい体が熱を感じるほど近づくと、ロージィは目がくらむほどの歓喜の波に襲われた。下腹のどこかで小さな筋肉がうずき、体から力が抜けていく。心臓が胸から飛び出すほど激しく動悸《どうき》を打った。

「恋愛ごっこのつもりか？」コンスタンティンの口元に意地の悪いほほえみのようなものが浮かんだ。

「恋愛ごっこ？　ワインをかけたのに？」

「僕が乗ってこないと読んだからさ」

ロージィの茫然《ぼうぜん》とした目が金色の瞳と絡み合う。ゆっくりと時が過ぎていく。まるで血管で脈打つ重々しい鼓動の音に合わせて時が進んでいくような、不思議な感じだった。彼女は体が反応しているのを強烈に意識しながら、やっとのことで呼吸していた。

コンスタンティンはゆっくりと顔を下ろしながら、物憂げにほほえんだ。ロージィはくぎづけになった。彼に唇を奪われたときの衝撃はすさまじかった。暴走する炎のような興奮が体を駆けめぐる。彼女は夢中でキスを返した。分け入ってくる彼の舌に喉の奥からうめき声をあげた。

　彼は顔を上げて放心状態のロージィを探るように見た。そしてエレベーターから連れ出した。息もつけないような興奮の高みから、急に日常的な動作に戻されて、ロージィはひどく混乱した。スイートに入ると、彼はまた自信たっぷりにロージィを抱き寄せた。その燃えさかる金色のまなざしに包まれて、ロージィの本能的な欲望に火がついた。

「何度も何度も愛し合いたいと言ってくれ」コンスタンティンがハスキーな声で単刀直入に誘った。ギリシア風のアクセントが語気を強めている。「どこまでも満足させてあげると約束するから」

　意識の覚めやらぬまま、ロージィははっと体をこわばらせて、一歩後ろに下がった。彼から身を振りほどく。突然、まるで場違いの世界に足を踏み込んでいたことに気づいた。そのショックではっきりと目が覚めた。「あなたと寝るわけにはいかないわ」

「寝る話をしてるんじゃない」

「溶けるつもりはないって言ったでしょう？」

「一晩溶けて、明日の朝後悔すればいいさ」

「私、ほんとうに疲れたの。あなたも買収の話で忙しいんでしょう」そう早口で言い訳しながら、ロージィは自分がこれほどまでに何かを、誰かを欲しいと思ったことは一度もなかったことに気づいて愕然《がくぜん》とした。頭ではこれ以上ないほど憎らしいと思っている相手なのに……。その事実はロージィを完全に打ちのめし、普段の負けん気を出すどころではなくなってしまった。

　彼の官能的な口元がぎゅっと締まると同時に、その目がかっと燃え立った。「セックスを駆け引きの道具にする女か……最低だね。僕から引き出せるのは一晩がせいぜいだ。しかも金を払うつもりは……」

「あなたなんか、ゾンビだって相手にしないわ！」

ロージィは思い切り言い捨てて、寝室に入り、ドアを閉めた。ドアにもたれかかると、涙がこみ上げてくる。彼女はそれを必死でこらえた。

ロージィは暗闇《くらやみ》の中、眠れずに何時間もじっと横になっていた。心は自己嫌悪と不安でいっぱいだった。コンスタンティンが呼び覚ました性的な反応が、いまだにロージィを苦しめていた。彼女はティーンエイジャーのとき、一度襲われそうになったことがある。幸いにも大事には至らなかったものの、そのせいで年ごろの女の子らしい性的な好奇心とは、今までまったく無縁だった。

そんな経験から、極端な男性不信に陥ってしまったのだ。しかも彼女は、行きづまったり悲しかったりすると、すぐに孤児院から脱走していた。そんな彼女に逃げることは解決にはならないことを教えたのはモーリスだった。

そのあとは、家賃を稼ぐために生活の基盤を築くのにすべてのエネルギーを費やした。自活し、生活の安定を得る必要から、彼女はますます自分を追いつめていった。だがそんなとき、アントンが現れてロンドンで暮らすように説得され、自給自足の生活は終わりを告げた。彼女の中で何かが変わり始めたのは、このときが初めてだった。今までは決して心を許そうとしなかった彼女が、少しずつ心を開き、夢を持つようになった。

アントンは、彼女をショッピングに連れ出しさえした。明らかに、彼女が女らしい服を嫌うのがわからないと言いたかったのだ。ロージィはそこでも譲歩した。彼女は父に気に入られようと一生懸命だった。それを思うと目が涙で熱くなる。アントンには、彼女とモーリスがただの友達だと信じるのも難しいようだった。いや、まずそれ以前に、彼女が男性に興味を持てないというのが、どうにも理解できなかったようだ。実際、ロージィは自分でも、男性そのものに興味が持てないのだと思っていた。教会でコンスタンティンに出会うまでは……。

コンスタンティンは今まで会った中でたった一人、服を引きちぎって手近のベッドに押し倒してしまいたいと思った男性だった。なるほど、これが性の衝動というものなのだ。それは誰に言われるまでもなく明らかなことだったが、どんなに万全な心構えがあったとしても、自分のあれだけ激しい欲望はどうすることもできなかっただろう。彼女の場合、一回キスされただけで、スターの追っかけをする娘みたいにすっかり参ってしまった。

明日になったら、もう二度と会わなくてすむ相手で、ほんとうによかった。コンスタンティンは二人の出会いなど、何とも思っていないのだ。彼は、これっぽちも好きではない相手に一晩限りの関係を持ちかけるような男なのだ。汚らわしいにもほどがある。誘惑にかられたらしいが、私が断ったとき、何だかほっとしたように見えたくらいだから、たいした誘惑でもなかったのだろう。彼の目は、意外に表情が隠しきれずに現れるのだ。ロージィは憂鬱《ゆううつ》な気分で、濃い霧のように疲労が訪れるのを感じていた。

はっと目を覚ますと、コンスタンティンが見下ろしている。ランプの光に目をしばたたきながら、ロージィはベッドに飛び起きた。

「いつも服を着たまま寝るのかい？」コンスタンティンはTシャツとジーンズ姿のロージィを見てたずねた。

胸元をはだけたローブ姿のコンスタンティンを見て、ロージィは慌ててベッドの反対側からすべり下りた。

「まったく《クリストス》……僕に襲われるとでも思ったのか？」

彼はロージィの反応に驚きをあらわにした。

「私にはソファーのほうが合っているみたい」

「ベッドを半分ずつ使えばいいさ。もう朝の三時なんだ。今はただ眠ることしか考えられない」

だが、ロージィは返事もせずに寝室を出た。真っ暗な部屋を手探りで進み、ぐったりとソファーに横たわる。ドアを誰かがどんどん叩く音がしたときには、たった今、目を閉じたばかりのような気がした。ロージィは枕《まくら》に頭を沈めて、うーんとうなり声をあげ、眠りについたときにはなかった毛布の下に潜り込んだ。焦った様子のギリシア語が聞こえてきて初めて、ロージィは頭を上げた。

　そのころにはコンスタンティンが寝室を出て、ドアを開けていた。ドミトリが部屋に飛び込んでくる。新聞を手にして、頭がおかしくなったみたいに振りかざしている。コンスタンティンが新聞を受け取り、突然ギリシア語を爆発させたかと思うと、今度は急に黙った。二人がほとんど同時にロージィを振り返る。

　ロージィはこの一騒動をただ目を丸くして眺めていた。コンスタンティンはドミトリを外に送り出してから、ロージィに向き直った。

「君という女は、どこまで意地が悪くて嘘《うそ》つきなんだ！」彼はいきなり部屋を横切って、彼女をがっしりとつかんでソファーから立ち上がらせた。

「いったいどうしたの？」ロージィは、彼のダイヤモンドも切り裂きそうなほど鋭く険しい瞳にショックを受けた。

「こんな卑《ひ》怯《きょう》なことをして、ただではすまさないからな！」

「私が何をしたって言うの？」

「君を信用した僕がばかだった。弁護士はこぞって反対したのに……どうして彼らの言うことを聞かなかったんだろう」顔を憎しみと嫌悪にゆがめてにらみつけるコンスタンティンに、ロージィは真っ青になって震え始めた。

　彼は押しつぶさんばかりに握っていた彼女の指から手を離し、彼女が震える足でそばの肘かけ椅子に倒れるように座り込むのを、上から威圧的に見下ろした。そして引きしまった褐色の指を持ち上げてゆっくりと指を開いた。彼女はそのたったひとつのジェスチャーに込められた恐ろしいほどの力を、ショックに打ちひしがれた目でとらえた。

「君は、僕と結婚するということがどういうことか知りたいのか？」彼はその悪意に満ちたまなざしに炎をたたえ、吐き捨てるように言った。「君はこれから毎日毎晩、欲を出したことを後悔するだろう。だが両膝ついて離婚してくれと頼んでも、僕の気がすむまで君を手放す気はないからね！」

5

　ロージィはとてつもない苦労をして息を吸い込み、神経を鎮めようとした。「私にはまだどういうことか……」

「嘘《うそ》をつくんじゃない！」コンスタンティンが怒鳴った。

　ロージィはソファーの前のテーブルの上に投げ出された新聞に恐る恐る目をやった。それをまたコンスタンティンが取り上げて、罪の証拠みたいに目の前に広げて見せた。一面に〝大物実業家、隠密《おんみつ》に挙式！〟という大見出しが見える。はっと息をのみ、そして見慣れた自分の写真を茫然《ぼうぜん》と見つめた。居間のマントルピースの上に飾ってあった写真だ。コテージに引っ越した日に、自分の家に住めることが誇らしくて、表で撮ったものだった。

「モーリス……」この写真を新聞社に渡せるのは彼しかいない。ロージィの口から痛々しいささやきがもれた。

「モーリスか」その声には、満足そうな響きがある。「首の骨をへし折ってやる！」

「いえ、モーリスのせいじゃないわ！」コンスタンティンが全身から攻撃的な雰囲気を発しているのを見て、ロージィは慌てて訂正した。「その……私がやったの」

「なぜ庇《かば》おうとするんだ？　共犯だろう？　君が昨日ここから彼に電話したとしか思えない。君はここに到着するまで行き先を知らなかったんだからね」

「ええ、電話したわ」ロージィはぎこちなくつぶやいて、頭をたれた。部屋中にいやな緊迫感がただよって、体中の筋肉が痛むほどだった。

「自分が何をしたか、わかっているんだろうな」ゆっくりしたギリシア風の話し方が、ロージィをむち打った。すでに怒りは消え去り、背筋が寒くなるような冷酷さに変わっている。「結婚のニュースはすぐにテスピーナの耳に入るだろう。彼女はロンドンに友人がたくさんいるんだ。そして当然、なぜ自分は結婚のことを知らされなかったのか、そのわけを知りたがるだろう。そのことは、考えてみたのか？　少しでも気にかけたか？」

ロージィは思わずたじろいだ。目の奥に涙がこみ上げてくる。

「そうさ、君は欲にかられてほかのことは何も見えていないんだ。アントンが君に何も遺《のこ》さなかったから頭にきているんだろう？　すごい大金が転がり込んでくる日を楽しみにしていたんだからね。ところがあいにく、アントンは亡くなる二週間前、むちゃなローンを組んでマヨルカ島にある廃墟《はいきょ》同然の屋敷を手に入れた。感傷のために全財産をなげうったのさ」

「マヨルカ島？」ロージィは鮮やかな色の頭をゆっくりと上げた。

「ソン・フォンタナルだ。代々エストラダ家の屋敷だった。中はがらくたでいっぱいだし、敷地は山羊《やぎ》を飼うのがせいぜいの荒れ地だ。しかも、環境保護地区に指定されていて開発もままならないときている。そんなものを欲しがるのはアントンだけだ。売り手にとっては絶好のかもだったのさ」

「アントンは、ソン・フォンタナルを買い戻したの？」ロージィは息もできないほどのショックを受けて、ささやくように言った。

「ああ、どこまでも感傷的な男だった」その言葉尻から、コンスタンティンがそんな感情は持ち合わせていないことがにじみ出ていた。

だがロージィにはわかった。アントンが部屋にいて語りかけているかのように、はっきりとわかった。彼はどうしてもその屋敷を娘に遺したかったのだ。ソン・フォンタナルは、アントンが十五歳のときに売りに出された。夫を亡くした彼の母にはそうするしかなかったのだ。アントンはその後の人生をギリシアで過ごしたが、先祖代々の家を失った悲しみは一生彼を離れなかった。彼は父の墓の前で、魂を売り渡してでも家を取り戻してみせると誓ったのだった。

「あの家を愛していたのよ」ロージィはそっとつぶやいた。「どんな値段だって高すぎることはなかったと思うわ」

「まったくの自殺行為だ。もしアントンが生きていたら……」彼の口元が不意に一文字を作り、抑え込んだ感情に声が乱れた。「生きていたら、破産宣告をするか、僕に頼みに来るしかなかっただろう」

「奥さんじゃなくて？」

彼はびっくりしたようにロージィを見た。「いったい《クリストス》……妻に金を借りたがる男がどこにいる？　だいたい、こんなプライベートなことを、どうして君に話さなくちゃならないんだ？」彼は突然牙《きば》をむいた。「あっちに行ってゆうべの服に着替えてくれ。とにかく僕たちはここを出る」

「その〝僕たち〟っていうのはやめてもらえるかしら。私はタクシーで家に帰るわ」

コンスタンティンはあざけるように笑った。「君には一緒にギリシアに来てもらう。それしか方法がないんだ。あらかじめ言っておくが、縄で縛って引きずられないと行かないと言うなら、ほんとうにそうするぞ」

「ギ……ギリシア？」

「こうなってはテスピーナに挨拶《あいさつ》しに行くしかないだろう？」コンスタンティンは反感に満ちた目で彼女を見た。「婚約は解消して別れたと言ったばかりなのに、困ったことになった」

「どう説明するのも勝手だけど、私はギリシアには行かないわ」ロージィはきっぱりと言って立ち上がった。

「さっさと着替えないと、この手で服を引きはがして着替えさせてやる」

ロージィは、恥ずかしげもなく平然と言うコンスタンティンをきっとにらみ、寝室に入った。彼があとから入ってきて壁から電話線を引き抜いた。「外との連絡は一切断ってもらう。さあ、着替えて」

バスルームの鏡が、ロージィの瞳を不気味に映す。いったいモーリスはなぜこんなひどいことをしたのだろう？　どうして新聞社に連絡するなどということができたのだろう？　モーリスは、そんな裏切り行為を彼女がどう思うか十分承知しているはずだった。彼女がこれ以上テスピーナを傷つけまいと誓ったことも知っている。なのになぜ……？　ロージィはバスルームのドアを少し開いて外をのぞいた。

コンスタンティンはがっしりした腕に、すばらしい仕立てのジャケットを通しているところだった。シャツの下で筋肉が滑らかに波打つのを目にして、ロージィは口の中が乾いていくのを感じた。

「まだ着替えてないのか？」その彼がたずねる。

ロージィは頬に火がついたみたいに赤くなって、夢中で訴えた。「お願いだからモーリスに電話させて。どうしても話したいの」

怒りに燃える黒い瞳がロージィをとらえた。「だめだ」

「お願い」それでもロージィは訴えた。

「ギリシア人の妻の第一条件は、夫に従うことだ」コンスタンティンはそう言って、ゆっくりと獲物を探す豹《ひょう》のごとき優雅さで彼女に近寄った。「だから、僕が飛び上がれと言ったら飛び上がるんだな。それができないと言うなら、お人形さん、君を少し叩《たた》き直す必要があるようだ」

ロージィはドアをばたんと閉めて、中からしっかりと鍵《かぎ》をかけた。

「ギリシアには行けないわ」エレベーターの中でロージィはもう一度言った。

「なら、代わりにモーリスを痛めつけて仕事ができないようにしようか」コンスタンティンは動揺する彼女の顔に向かって、にっこりとほほえんだ。「それにモーリスの叔父さんも金に弱いそうじゃないか。血筋だな。あのデニス叔父さんなら、金額の折り合いさえつけば、君ら二人を雪の中に追い出すこともいとわないだろうね」

ロージィは、彼がすでに家主はモーリスの叔父だと知っていることに愕然《がくぜん》とした。「知ってたの？」

「僕ははったりで脅しをかけたりしない。汚いまねをする者は、次から次へといやな思いをさせられるだろう。モーリス・カーターにはこの世に生まれ出たことを、いやそれ以上に、君とベッドをともにしたことを後悔させてやるつもりだ」

「モーリスは何一つ悪いことをしてないわ」もし万一モーリスが新聞社に言ったのだとしたら、ロージィがコンスタンティンにだまされていると信じて、どういうわけだかそうすることで彼女の立場がよくなると信じたからに違いない。つまり、モーリスは私のためにしたとしか思えないのだから、結局、最終的に悪いのは私なのだ。「まさか本気で彼を傷つけるつもりではないでしょう？」

「僕のことはアントンから聞いているんじゃなかったのか？」

アントンから見たコンスタンティンの姿がロージィの脳裏を駆けめぐった。ビジネスの世界では攻撃的で残忍になれる男。負けず嫌いで、敵に回したら最後、決して忘れず、一方で家族にはどこまでも忠実な男だという。寝室以外では決してくつろがず、そして寝室では女たちが彼を待っている。アントンは息子を愛し、自分にないものを持つ彼をうらやましがった。だが、敵は彼の人間性を何と言うだろう。

「朝からこんなイブニングドレスを来ていたら頭がおかしいと思われるわ」ロビーの涼しい空気がむきだしの肩と腕を撫《な》でる。

「軽い女のイメージにぴったりだ。パパラッチに笑顔を見せる必要はない。実際、本心どおりおどおどしたところを見せておけば、僕が君を捨てたとき、皆にああやっぱりと思ってもらえる。鼻の下伸ばした金持のおじさんってのは、飽きっぽいんだからね！」

彼に連れられるまま出口に向かいながら、ロージィはひどい敗北感を味わっていた。「外に記者が待ってるって言うの？」

そう言った一瞬後には、ロージィは人の渦、シャッターを切る音、質問の嵐《あらし》のまっただ中にいた。

激しく身震いする彼女に、コンスタンティンが大げさとも言える手つきで、カシミアのコートを肩からかけた。そして彼女の背に手を置いたまま、一言も言わずにリムジンに向かった。誰も行く手を遮ろうとはしなかった。さすがのロージィも、彼の堂々たる態度には、感服しないわけにはいかなかった。二人が乗ると、運転手の横にタキが乗り込んできた。

「まだタキを首にするつもりなの？」ロージィはおずおずとたずねた。

「検討中だ」

「ほんとうに彼のせいじゃないの。私が悪いのよ」

だがこの訴えに返事はなかった。

「パスポートも着替えもないのに、ギリシアに行くなんて無理よ。一度家に帰らなくちゃ」

「ドミトリが荷物を取りに行っている。空港で落ち合う予定だ」

「おなかがすいたわ」

「飛行機で食べればいい」

ロージィは歯がゆい思いで、シートの背にかかった暖かい彼のコートに身を沈めた。ふんわりした布地に、男の香りがほのかに感じられる。深く息を吸い込む自分にはっとして、ロージィはこっそり彼を盗み見た。携帯電話で話していた彼が、なぜか瞬間的に彼女の視線に気づいて、長いまつげの奥から深い金色の瞳を光らせた。

ロージィの心臓がどきんと打った。なのに交わった視線を断ち切ることができない。がっしりした顔立ちに、ひときわ魅力的な目だった。その目がゆっくり、じらすように、コートの下からすらりと伸びたロージィの脚へと下りていく。触られたのでもないのに、皮膚が焼けるようだった。体にほろ苦く甘い痛みが走った。

そのとき、コンスタンティンがにこりと笑った。

彼は自分がロージィに及ぼす力を知っていて、からかったのだ。ロージィはすっかり気が動転してしまった。自分がどんな獣を相手にしていたかを思い知らされた思いだった。彼女はびくっとして、コートで脚を隠した。

　コンスタンティンは頭をのけぞらせて笑った。

「やめてよ！」

「君には驚くほど純朴な雰囲気がある。アントンが引っかかったのも無理はないな」

「彼はあなたのことも誤解していたみたいよ。魅力的でマナーもよくて会話も楽しいなんて言っていたんだもの」

　たった一時間前、彼は怒りの頂点にあった。ところが今は、冷静な余裕に満ちあふれている。彼は完全に自分を取り戻していた。それもモーリスのせいらしかった。ロージィには、いまだにモーリスが裏切ったなどとは信じられなかった。どうしても電話をして、真相を問いたださなくてはならない。もしかしたら、あの写真は盗まれたのかもしれない。こうなるずっと前から、記者がコンスタンティンを追いかけていた可能性だってあるんだから……。

　ロージィはとても初めての海外旅行を楽しめるような気分ではなかった。アテネ市内の渋滞を抜ける車の中、テスピーナに会う瞬間を頭に浮かべながら緊張しきって座っていた。

　空港でドミトリからスーツケースとくたびれたバックパックを受け取ったとき、モーリスのことをたずねようとしたが、コンスタンティンに邪魔された。以来、ロージィの怒りはつのるばかりだった。自家用ジェット機の中では、ましな服に着替えることだけはできたが、そのあとはずっと寝てしまい、目覚めたときには着陸していた。おかげで空港に着いたときは朝食も昼食も抜きの状態で、せめてチョコレートでも買いたかったがギリシアのお金は持っていない。結局コンスタンティンにお金をせびるはめになったのだが、その彼は一瞬たりとも目が離せないと言わんばかりに彼女の手を引いて、アテネ空港の中をどんどん進んでいった。

「いい加減に電話をやめないと、叫び出すわよ！」ロージィの癇癪《かんしゃく》が突然爆発した。

「今度は何だ」コンスタンティンは手を焼く子どもを相手にしているみたいな顔で、電話を下ろした。

「テスピーナにこれ以上嘘をつきたくないの」

「アントンの愛人だと名乗り出るほうが気分がいいと言うのか？」

「私はアントンの愛人じゃないって言ってるでしょう」

「愛人も、今じゃ義理の娘も同然だと言いたいのか？　テスピーナをそんな〝真実〟で傷つけて何になる。彼女を侮辱するようなことは許さないぞ」コンスタンティンが恐ろしい勢いでやり返した。

　リムジンがエレガントなタウンハウスの前で止まった。ロージィは午後の熱気の中に出た。暑さと緊張に脚がよろめく。使用人が慌てて迎えに出たが、コンスタンティンが話すあいだ、ロージィは彼の後ろに隠れていた。

　コンスタンティンが振り返り、張りつめた息をふうっとついた。

「テスピーナはここにはいない。今朝ブラジルの友人のところに向かったそうだ。僕に連絡を取ろうとしたが、だめだったらしい」

　ロージィはすうっと気が楽になった。さっそくリムジンの中へと舞い戻る。

「じゃあ、どうしましょう？」陽気と言ってもいいくらいの声が出た。

　コンスタンティンはしかめっ面をした。「ブラジルで結婚のニュースを聞くことはないだろう。友人は人里離れたコーヒー園に住んでいるのでね」

「電話すればいいわ」

「帰ってくるまで待つ。こういう話は電話ではするものじゃない」彼の力強い顔が陰った。

「じゃあ、私たちはどうするの？」

　コンスタンティンはその質問を無視した。また機嫌が悪くなってきたみたい、とロージィは思った。こんなときに、嘘の上塗りはよくないなどと説教しても効き目はないに決まっている。彼女はできるだけ公平な目で、自分が彼ならどうするかを考えようとした。アントンの遺言書に従うことだけが目的の秘密の結婚が、公の事実となってしまった。事が予期せぬ方向に進んだことでコンスタンティンがどうしたかと言えば、ただ、何も悪いことはしていないというふりをしただけ。二人はほんとうに結婚したんだと……。

　遅ればせながらそこに行き当たったロージィは、真っ青になった。コンスタンティンは怒るし、記事のことで思い悩み、モーリスやテスピーナのことを心配するあまり、自分自身の窮状まで頭が回らなかったのだ。ロージィはショックに曇った目で彼を見た。「私に妻のふりをしろと言うのね？」

「君は僕の妻だ」コンスタンティンがきっぱりと言い切った。

「まあ、法的にはそうかもしれないけど、でも」

「こうなったら、少なくとも二カ月は芝居を続けてもらわなくてはならない」

「私、お芝居はすごく下手なの。それに私たちお互いに嫌いでしょう？　そんなの回りの人にすぐばれちゃうわ！」彼女は必死で訴えた。

　コンスタンティンは、また彼女を無視した。そういうことをされるのは、しゃくにさわる。自分がうるさいだけの蠅《はえ》みたいな気分になってくる。

「あなたと一緒に住むなんて一週間だって無理よ。

二カ月なんてとんでもないわ！」

　コンスタンティンはロージィを思い切り軽蔑《けいべつ》を込めた目で見た。「誰に向かって言ってるんだ？　君にとってこの展開は願ったりかなったりじゃないか。君に贅沢《ぜいたく》させるしか方法がないなんて、ぞっとするよ。君の裏切り行為にほうびを与えるようなものなんだからね」

　ロージィは憤懣《ふんまん》やるかたない気持を抑えて、彼を無視する練習を始めることにした。これから二カ月、私が下手に出て、壁飾りみたいにおとなしくしてると思ったら大間違いなんだから！

　だが二時間後、極上の食事をたっぷりと食べて飢餓寸前の状態から脱したロージィの顔には、満面のほほえみが浮かんでいた。今は与えられた部屋のバスルームで、ジャクジーに横たわっていた。コンスタンティンはアテネの郊外にすばらしい邸宅を持っていた。巨大な宮殿のようなヴィラには、おびただしい数の使用人がいて、指一本上げなくてもすべての用は足りた。まるで五つ星の高級ホテルに泊まっているみたいだった。

　使用人たちに妻として紹介されたときは、ひどく居心地の悪い思いをした。だが、コンスタンティンが懇切丁寧に内線電話の説明を始めたときには、喜びに胸が弾んだ。僕と話したいときは、この番号を回すんだ、と彼は説明した。私からの電話など待っていたら、彼は白髪のおじいさんになってしまうだろう。だがこれだけの家なら、外につながっている電話がどこかにあって、いつかモーリスに連絡がつくはずだ。いくらコンスタンティンでも、四六時中見張っているわけにはいかないはずだから。

　ただ、いくらコンスタンティンが憎らしいといっても、彼にはいいところもあるのを認めないわけにはいかない。彼は明らかにテスピーナを敬愛していた。アントンの新しい遺書と遺言のことを義母から隠すためなら、彼はそれこそどんなことでもしただろう。遺産など少しも欲しがっていなかった。彼はモーリスが言ったとおりの大金持に間違いない。自家用ジェット機、大邸宅……そのうえこの暮らしぶりを見れば一目瞭然《いちもくりょうぜん》だった。

　彼は養父のことも愛していた。ロージィでもそれは認めざるをえなかった。二人の性格は正反対だったのだが。アントンはいつも冗談を言っては笑い、何か問題が生じても楽天的に考えた。できれば問題は避けて通ろうとする性分だった。

　コンスタンティンにとっては、アントンが若いかわいい子に惑わされて道を踏みはずしたと思っているほうがましだろうか。きっとそうだ。真実のほうがずっとつらいに違いない。アントンは二十年以上も大きな秘密を家族から隠し続けたのだ。そして、無理なことを望んだ。彼は妻に知られずに娘を持つことを望んだのだ。

　ロージィは備えつけのタオル地のローブに身を包んで、バスルームから出た。だいぶ疲れが取れて、リラックスできた。だが、それもほんのつかの間のことだった。長身で精悍《せいかん》な彼が寝室で待ちかまえていたのだ。

　ロージィははっとして、緑の目でコンスタンティンが着ているベージュのスーツに視線を這《は》わせた。イタリアンカットのダブルのスーツだった。その姿はまるで、セクシーで危険なマフィアを思わせた。わずかのあいだ、ロージィは息をするのも忘れて立ちつくした。だが、それも長くは続かなかった。

　コンスタンティンがしかめっ面でこちらを見ている。「ここにいるあいだは、ほんとうに結婚しているふりをしてもらうと言ったはずだろう？」

　何だかわけがわからなかったが、ロージィはとりあえずうなずいた。

「なら、どうして下で一緒に食事をせずに、ここに運ばせたんだ？　家政婦がヴィラを案内すると言ったのに、断ったのはなぜだ？」

　ロージィは、こほんとひとつ咳《せき》をした。「ほかに何かいけないことは？」

「君はゲストじゃない。ほんとうならここは新居なんだ。もっと結婚したての妻のように振る舞ってくれないと困る」

「結婚したての妻が、どう振る舞うかなんて、全然わからないわ」

「君には空恐ろしいほどの想像力があるじゃないか。それを使うんだ！」

　想像力ならもう使っていた。彼は、なぜか昔の白黒映画から抜け出た暗黒街のマフィアだ。そして、同じシーンに登場するのは、二〇年代のドレスに身を包み、彼の煮えたぎるような情熱を一身に受ける私……。

「いったいどうしたんだ？　妙におとなしいじゃないか」コンスタンティンが疑わしげに見ている。

「時差ぼけよ」白昼夢から我に返ったロージィは、当惑のあまりうわずった声で答えた。

「毎日飛行機に乗ってくれると助かるな」彼はにこりともせずにそう言うと、寝室から出ていった。

　ジャクジーにつかっているあいだに、荷物が解かれていた。鏡台の前に錦織《にしきおり》のちっぽけな宝石箱が見える。それまでモーリスがかき集めた荷物にはうんざりしていただけあって、あのモーリスがバックパックに宝石箱を入れることを思いついたのには驚かされた。

　ロージィは、箱を開けて眉を寄せ、じゃらじゃら絡まるアクセサリーの中をあちこち調べ始めた。捜す手がだんだん焦りを増す。見つからない。エストラダの指輪がない……。ロージィはすぐさま、単純な結論に達した。コンスタンティンは前から指輪を取り戻そうとしていた。彼が盗《と》ったのだ。

ロージィは長い流れるような階段を裸足《はだし》で駆け下りた。巨大なホールに面した部屋から、コンスタンティンが出てくるのが見えた。「指輪を返してよ！」ロージィはありったけの声で叫んだ。

　コンスタンティンはぎょっとした顔で彼女を振り返った。「何だって？」

「エストラダの指輪よ。宝石箱にあったのに、消えてしまったわ」

「消えた？」そう言いながら、彼はロージィのほっそりした肩に手をかけて、エレガントな応接室に彼女を導き入れた。「消えたってどこに？」

「とぼけないでよ」

「あの指輪をなくしたりしたら、首を絞めてやるからな！」

「身を守るには攻撃するのが一番ってわけね。いい？　あなたが指輪を持っているのはわかっているのよ」

「まったく《クリストス》……どうして僕が盗んだと決めつけるんだ」コンスタンティンは怒りを爆発させた。

　ロージィは思わずひるんで、一歩譲ることにした。

「盗んだとまでは言わないわ。自分のだと信じるものを取り返したぐらいの感じかしら。でも、あれは私のものなのよ。アントンがくれたんだもの」

「僕は泥棒じゃない。エメラルドがなくなったなら、警察を呼ぼう。だが、それもこれが君の策略じゃないということがはっきりしてからの話だ」

「策略って……どういう意味？」

「つまりね、君のボーイフレンドが指輪を隠し持っていても不思議はないということさ。君の嘘つきは今に始まったことじゃないからね」

「あなたって最低よ！」ロージィは愕然としてあえいだ。

「指輪にはかなりの額の保険がかけてあったんだろう？」

そのとき、使用人がやってきて、コンスタンティンに何かを告げた。その間、ロージィは怒りに手を握りしめて立っていた。

「悪いが失礼するよ。客が来たのでね」

そのそっけない立ち去り方に、ロージィはたっぷり三分間、その場に立ちつくした。コンスタンティンは本気にしなかったか、とぼける名人なのか、どちらかに違いない。絶対嘘をついてるに決まってる！　そう思っていると電話が目に飛び込んできた。そのとき初めて、自分がイギリスの国番号を知らないことに気がついた。必死であたりを探してみたが、電話帳らしきものは見当たらない。オペレーターの電話番号さえわからない。これでは、モーリスに電話するなどとても無理だ。

ロージィはむしゃくしゃした気分でホールに飛び出したが、どこからか声がするのを聞いて足を止めた。コンスタンティンの客は女で、しかも驚いたことにイギリス人だった。ロージィは好奇心にかられて、近くのドアに近寄った。中をのぞいてみる。

「ルイーズ……」ひどく冷たいコンスタンティンの声が聞こえる。

ブルネットの華麗な女が、恐ろしく長い脚を見せつけるような格好で、長椅子に身を預けている。手にはひらひらのハンカチを握りしめて、いかにもわざとらしい芝居を打っていた。

「あんな記事を目にすることになるなんて……ひどいわ、コンスタンティン！　どうして何も言ってくれなかったの？　結婚なんてまだまだ先だって言っておきながら、これでは関係を続けていく自信がないわ」ルイーズと呼ばれた女性は、嘆き悲しむように言った。魅惑的な黒髪をかき上げながら、真っ青な目でじっと相手の反応をうかがっている。

残念ながらその相手のほうは、ロージィからは見えなかった。だが、そんなことはどうでもいい。彼女は目をエメラルドのように光らせて、ドアを押し開けると、中に踏み込んだ。「自信がないなら、私が決めてさしあげるわ。今度コンスタンティンから百メートル以内の距離に近寄ったら、その目玉をひんむくわよ！」

ルイーズという女性は滑稽《こっけい》なくらいびっくりして、跳ね起きた。コンスタンティンも黒い瞳に激しい驚きを浮かべている。

「それからあなた」ロージィは腕を組んで一息ついた。この役回りを存分に楽しみながら、にせの夫をにらんだ。不思議と本物のように思えてくる。「今すぐ、このお友達を〝私の〟家から追い出してちょうだい。私ははったりで脅しをかけたりしないんですからね！」

自分の言葉をそのまま返されて、コンスタンティンの褐色の肌から血の気が引いた。目に金色の炎を燃え立たせながらも、口をしっかりと結んで黙っている。おやまあ、完全にお手上げって感じね。ロージィは同情するどころか、満ち足りた気分だった。

ルイーズは挑戦的にゆっくりとロージィの脇《わき》を通り過ぎた。ロージィより三十センチ近くも背が高い。そして立ち止まって振り返ると、コンスタンティンに向かって妙に意地悪くほほえんだ。「こんなときにこう言うのも何だけど、この若くてお美しい奥様のおかげで、貴重な一日になったわ。あなたの人生は終わってしまったようね。これからは彼女のせいで地獄の毎日でしょうけど、自業自得だわ！」

ロージィは、ルイーズを見送りながら、その気高い退場にひそかに心を打たれていた。遠くでドアが閉まる音が聞こえると彼女はため息をついた。「あなたが彼女を傷つけることにならなくてよかったわ。ねえ、私、どうだった？」

今にも爆発しそうな沈黙が空気を揺さぶった。

「どう……だった……かだと？」

「そう、結婚したての妻を立派に演じられたかしら。ほら、新居であんな場面に遭遇したら、妻としてほうっておくわけにいかないでしょう？　私はゲストじゃないですものね」

　コンスタンティンは身を翻してロージィに背を向け、怒りを発散させるように長い褐色の指を広げた。こんな目にあったのは初めてなのだろう。ギリシア語で何やら罵《ののし》っている。そして震えがちの声でつぶやいた。「君には、一本でも繊細な神経はないのか？」

「あなたと一緒のときは必要ないでしょう？　もしかして彼女が真剣にあなたを愛していたらどうしようかとも思ったんだけれど、そうでもなかったじゃない？　だからダメージはなかったと思うわ」

「わざとやったんだろう？　モーリスに会わせてもらえないものだから、仕返しに僕の私生活をぶちこわそうと思ったんだ」

「結婚したての夫には私生活なんてないものよ」

「そうかな？」コンスタンティンはジャングルの大猫のように、そろりそろりとロージィの回りを巡り始めた。「君も僕の私生活の一部じゃないか？　君を妻扱いせざるをえない状況に持っていったのは、君じゃないのか？」

　ロージィは強気な気分がどんどん引いていくのを感じた。今朝、自分がしたとにせの告白をしたことを、今初めて後悔した。「コンスタンティン……」

「何だ？」

　ロージィはほんの一歩だけ後ずさりした。心臓が喉の奥あたりで激しく脈打っている。「そろそろベッドに行く時間だから……」

「僕もだ」コンスタンティンは、ロージィの華奢《きやしや》な体に腕を回し、さっと抱き上げた。

「何をするつもり？」ロージィが悲鳴をあげた。

「ゆうべするつもりだったことさ」彼はどんどん階

段をのぼっていく。

「下ろして！　気でもおかしくなったの？」

「自分が悪いんだぞ！　まったく……君はどんどん僕を追いつめていく。君にできるだけ遠くの部屋をあてがったのは、君をどうしてもこの家に置かなくてはならないからだ。決して君への誘惑に負けまいと誓って、距離を置くようにしていたんだ……」

「言っていることとしていることが違うじゃない！　今すぐ下ろさないと、来週まで目が覚めないくらい殴り飛ばすわよ！」

「君の口は体よりでかいな」コンスタンティンがうなった。彼の深い声が重い響きを帯びるにつれて、ロージィの自己防衛本能がむくむくと頭をもたげた。

「代わりにキスしてくれないか？」

「いやよ！」

「ほんとうに？」

「あたりまえでしょう！」

だが、コンスタンティンの熱く求める唇に視界をふさがれると、世界がぐるぐる回り始め、ロージィは思わず彼にしがみついた。体中が、電流が走るような熱に包まれる。片手で髪をぎゅっと押さえられ、強く激しくキスされて、息ができずに気を失いそうになった。でも、こんなにいい気持になれるなら、それでもいいと思った。

　暗闇《くらやみ》の中、彼はベッドにロージィを下ろした。唇を離しながら、いまだ果たされぬ思いに、彼がくぐもったうめき声をあげる。そのあいだロージィは、溺《おぼ》れかけたみたいに息を切らして苦しげに横たわっていた。明かりがともされた。コンスタンティンがすぐ横に来て、シルクのネクタイをむしり取っている。心の中で〝逃げなさい〟と小さな声がする。だが、焼けつくような金色の瞳にとらえられると、全身がとろけて何も考えられなくなってしまった。

　ふたたび彼女を引き寄せるコンスタンティンの手

は、自信たっぷりとは言いがたかった。彼女は思わず滑らかな黒髪に指を差し込んだ。すると優しい気持に胸がきゅんと痛んだ。指に震えが走る。こんな感覚は初めてだった。コンスタンティンが眉を寄せた。何だか驚いたようだった。

彼は身を乗り出して、舌の先で彼女の唇をこじ開けた。彼女はぶるっと身震いして、そして無我夢中で彼の唇を求めた。ハスキーなうなり声とともに、ふたたび彼が支配権を握り、彼女が居ても立ってもいられない状態になるまで、キスを繰り返した。

がっしりした手がローブの結び目を解いて、張りつめた小さな胸を包んだ。ロージィはあまりの激しい感覚に、心臓が止まりそうになる。彼女は別世界――感覚だけの世界に埋没してしまっていた。彼の舌が張りつめたピンクの乳首をかすめると、体を弓なりにそらして歯を食いしばり、シーツに爪を立てた。

「ああ……君は何て激しいんだ」コンスタンティンはそううめき、彼女の腰の下に手を入れて、たくましい大きな体を押しつけた。固く張りつめた彼がいやおうなしに感じられる。彼はじれったそうに横向きになり、ズボンのベルトにはやる手を走らせた。

激しい……激しい？　その言葉でロージィは、はっと我に返った。恥ずかしげもなくはだけられた胸に目をこらす。そこにはまだ、彼の唇が伝った跡が残っていた。興奮の頂点から恐怖のどん底に落ちて、ロージィは一瞬その場から動けなかった。それからオリンピックの短距離選手も顔負けの素早さで、ベッドから出た。

「まさか《テオス》……！」コンスタンティンの驚きが爆発し、それとともに流暢《りゅうちょう》な英語も吹き飛んでしまった。威勢のいいギリシア語がさかんに飛び出す。

ロージィは暗い廊下をむちゃくちゃに走り抜けた。激しい……安っぽい、軽い、汚らわしい。ああ、どうしてあそこまで許してしまったのだろう。喧嘩《けんか》していたはずが、次の瞬間には……。コンスタンティン得意の手だ。激しい戦いを性の饗宴《きょうえん》に変えてしまい、男の野蛮な力をひけらかしてほくそえむのだ。ロージィは嫌悪にぞっとしながらも、廊下が行き止まりになっていることに気づいて愕然とした。

　コンスタンティンが、数メートル手前の月の光の中に立ち止まっている。ロージィは本能的に恐怖を感じ、両手を大きく広げて、壁に身を打ちつけた。

「いったいどういうことだ？」

「さ……触らないで……」

　コンスタンティンは、彼女の怯《おび》えきった顔を鋭い目で見つめた。「襲っているんじゃないんだ。断られたからといって暴力をふるったりはしない」

　ロージィはまだ完全に彼を信じることはできずに、広げた手を壁づたいにゆっくり下ろして、身を守るように自分の体に回した。こんなに怯えている姿を見せて、彼には体以上のものをさらけ出してしまった。だが、心の片隅では、自分の行動に非があったことをすでに認めていた。裸でベッドに横たわって、あれほど狂おしく身を投げ出したのだから、突然気を変えたことに彼が驚くのも無理はなかった。

「僕は女性を脅してベッドに連れ込む必要はないんだ。そんなことをするつもりもない」コンスタンティンは傲慢《ごうまん》さをむきだしにして言った。

「私が誘ったも同然ね……ごめんなさい」ロージィはつぶやいたが、心の中では早く彼が立ち去ってくれて、一人になれることをひたすら願っていた。

「なぜ誘った？」

　この露骨な質問に、ロージィはひるんだ。答えはたったひとつだったが、それを口にするのはためらわれた。「あなたが欲しかったから」それを彼に対して認めるのは、毒をあおるようなものだった。

「それで……？」コンスタンティンは何の思いやり

も見せずに先を促した。

　顔に火がついたようになり、ロージィは自分が暗闇の中でネオンみたいに光っているに違いないと思った。

「そうやって壁にしがみつく君は、男をじらす天才とは思いがたい。しかもゆうべのホテルでも、ベッドから飛び上がるようにして出ていった。君は輝かしい過去を持つ女にしては、セックスに対して妙にナーバスなんだな」

　バージンだって知ったら、彼は何て言うかしら。ロージィはその屈辱的な考えを慌てて押しつぶした。信じてもらえるわけがない。彼女が新しい感覚や体の反応に翻弄《ほんろう》されて、どんなに怖い思いをしているかなど、彼にわかるはずがなかった。しかも彼のように世慣れた男の手にかかって、すっかり我を失ってしまったりして……。

　ロージィは乾いた口をやっとのことで開いた。

「私たち、お互いに好意さえ持っていないのよ」

「それもまた、妙にその気にさせられる原因のひとつだよ」

　この不穏当な発言に、ロージィはごくんと息をのんだ。

　コンスタンティンは月明かりの中、ダイヤモンドのようにきらめく瞳でロージィを見た。「怖《お》じ気《け》づいたんだろう？」

「どういう意味？」

「君は自分が主導権を握っていないと気がすまないんだ。なのに僕にすっかり調子を崩されてしまった。これまではアントンとあの〝先祖返り〟をわけなく手玉に取っていたんだろうに……」

「〝先祖返り〟？」

「モーリスだよ。ぴったりだろう？　図体《ずうたい》だけでかくて頭の鈍い奴《やつ》。先天的な才能と言えば、自分の腹を肥やすずる賢さだけだ」

「モーリスは鈍くなんかないわ！」

「鈍いに決まってるさ。君を僕のところに送り込んだじゃないか。僕と一緒にこの世界で暮らしたあとに、君が自分のところに戻ってくるなどと、奴は本気で信じているのか？」

「私は〝あなたと一緒に〟暮らすつもりはさらさらないの！」

「だが〝先祖返り〟はもう過去の男だ。アントンも死んでしまった。そして今のところ、君はミセス・コンスタンティン・ヴォーロスだ」コンスタンティンはきびすを返しながらロージィを振り返った。

「君はいずれ、僕の前に身を投げ出すだろう。どうも体がそうせずにすまないらしいからね！」

彼が暗闇に消えかけたとき、ロージィは怒りでいっぱいの声をあげた。「どうやって自分の部屋に戻ればいいの？」

コンスタンティンがくるりと振り返り、ハンサムな顔をのけぞらせて笑った。明らかにロージィの窮状を喜んでいるのだ。ロージィは震える手をポケットに入れて、嫌悪に煮えくり返っていた。見慣れた通路にたどり着いた。

「やっと自分のいるところがわかったわ」

「ほんとうにそうかな？」彼は明らかにもっと深い意味で言っていた。

ロージィは喉に息をつまらせて、身を固くした。コンスタンティンがほっそりした腰に腕を回したのだ。彼の手が上に伸びて、縦巻きのカールをつかまえた。彼はロージィの髪が褐色の人差し指におとなしく巻きついていくのを、さも満足そうに見ている。

黒い瞳が彼女を真っ向からとらえた。「君は見せかけほど強くない。実はパニック寸前なんだろう？ だが、ぜひがんばってほしいね。僕を喜ばせることができたら、二度と年寄りに身を売らなくてすむんだから」

ロージィは酔っぱらいのように寝室にさまよい込んだ。体がぶるぶる震えている。誰かに自分がこんなに無力だと感じさせられたことはなかった。だが、それをコンスタンティンはたったの三十六時間でやってのけた。パニック寸前どころの話ではない。もうどっぷりパニックにつかっていた。

　コンスタンティンは彼女の弱みを見つけ、その気にさせるにはどうすればいいか気づき始めている。あんなに経験豊富な男に挑戦的なそぶりを見せるなんて、何て愚かなまねをしたのだろう。好きでもない男とベッドに行ったりしたら、そんな自分をどう思うだろう。自分自身の欲望に抵抗することぐらいはできると思いたい。

　だが、ロージィが抵抗できないのは、どうも相手があの彼だかららしかった。あの無知で傲慢で男尊女卑の悪知恵ばかり働く男！　〝お人形さん〟……確かに、そう呼ばれてもしかたない行動ばかり取っていた。ええ、そうですとも。私はいいように遊ばれるお人形さんよ！

　それに彼にはほかにも女がいるのじゃなかった？　愛人だったルイーズ。彼女だって本気ではなかったにしても、悔しがるくらいの気持は持っていた。イタリア人女優のシンツィア・ボルゾーネは？　真剣に愛しているのじゃなかったの？　突然、ロージィは自分自身の情けない行動に、これまで以上にいやけがさした。コンスタンティンは、明らかにモラルというものを持ち合わせていない。なのに、すんでのところで私は彼の性的な魔力の犠牲者になってしまうところだった。

　さあ、持ち前の頭を使うときが来た。ギリシアにいなければならない理由なんてあるかしら？　もう一度テスピーナと会うなんてとんでもない。コンスタンティンが妻に逃げられたと言えば、それでことはすむ。ただほんとうのことを言えばいいだけだ。

愛人と鉢合わせになって妻に逃げられたと……でも、どこに？　行き先が決まるには二分とかからなかった。ソン・フォンタナル。コンスタンティンが売ってしまう前に、どうしても見ておきたかった。

一時間後、バックパックひとつを背に、ロージィは部屋の外のバルコニーから排水管伝いに地面に下りた。近くで犬の吠《ほ》える声がする。ロージィは全速力で庭を駆け抜けた。今や吠えている犬は一匹だけではない。血が全身を駆けめぐる。外との境の塀近くまで来たとき、サイレンが鳴り始め、暗闇の中から男が現れた。

　ロージィは塀に駆け寄った。男が前に立ちはだかる。そのとき咳《せき》が聞こえて、ロージィは相手が誰かを知った。「タキ……？」

　タキはびくっとして立ち止まった。

「タキ、お願い」犬が近づくのを感じながら、ロージィは必死で頼んだ。

　タキはロージィを支えて、三メートルの高さがある塀の外へと送り出した。そのころには二つ目のサイレンも鳴り出していた。ロージィは道路に飛び下りて、すぐさま脇の茂みに隠れた。パトカーがぴかぴかとライトを照らしながら猛スピードでやってきて、電動ゲートの前でタイヤをきしませて止まった。ゲートが開く。ロージィは道に沿って歩き始めた。タキにはほかの職のほうが向いているみたいだった。ボディーガードがあんなに簡単に言いくるめられてはコンスタンティンの身が危ない。

　こうやって逃げようとはしていても、コンスタンティンが本物の災難に襲われるのを願っているのではない。父は彼がとても好きだった。私は……と考えてみる。そう、私にしてみれば、コンスタンティンは指輪を取り上げて、契約以上のものを要求してくる男。その彼もこれからは一人。私も一人になる。でも、私にとってはそれが一番いいのだわ。

6

「お前、いったいどこにいるんだ！」モーリスが電話口で絶叫した。

ロージィは受話器を耳から遠ざけた。「マヨルカ島……」

「マヨルカ？ そんなところで何をしてるんだ？ コンスタンティンが来たぞ。恐ろしく取り乱してた。メモぐらい残してやってもよかったんじゃないか？ 気の毒に奴《やつ》は……」

「ねえ、あなたいつからコンスタンティンに同情するようになったの？」

「奴が真剣にお前のことを心配しているのを見てからさ。生まれて初めての海外で言葉もわからず、金もないのに、真夜中に家からいなくなったんだぜ！ 脱走癖は治ったとばかり思っていたよ」

「それとこれとはわけが違うわ」ロージィは顔を真っ赤に染めた。

「コンスタンティンはお前がここにいると思って怒りでおかしくなってやってきた。ところがいないことがわかると、今度はパニックを起こした」

「コンスタンティンがパニックなんて、信じられないわ」

「どこでマヨルカに行く金を工面したんだ？」

「そんなことより私が知りたいのは……」

「泊まっている場所は？ 今すぐそっちに行く」

「ばかなこと言わないで！」

「コンスタンティンとお前が二人してかっかしながら地球をぐるぐる回るのを見ているのは、もううんざりなんだよ。最後に会ったとき、奴はギリシア警察を動かそうとしてた。居所を教えなかったら、奴にお前がマヨルカにいると教えるぞ」

ロージィはその五秒後には受話器を電話に叩《たた》きつけていた。どうやって結婚のニュースが新聞に伝わったのかは、たずねもしないままだった。十三歳のとき、乱暴されそうになっているところを救ってくれたのはモーリスだった。そのモーリスと言い争いをするのはいやだったが、そろそろ怯《おび》えきった十三歳扱いはやめてほしかった。ロージィは借りたバイクにふたたびまたがった。いざというときのための貯金が三日で半分なくなってしまったことは、考えないようにしよう。

　眠たげな小さな村を抜けて、危険な急カーブがえんえんと続く断崖《だんがい》絶壁の山道に入ると、輝きに満ちたロージィの瞳が厳しくなった。コンスタンティンがイギリスまで来たと聞いて、自分が狩りの獲物になったみたいな気がした。出会ってから一カ月もたっていないのに、彼は私を自分の持ち物みたいに思っているんじゃないかしら？　だいたい、幽閉先から夜中に抜け出したからって、それが何だと言うの？　約束どおり結婚してあげたんだから、それ以上の犠牲を強いる権利はないはずよ！

　お昼近くの時間には、みごとにさびついた門の前で、有刺鉄線にぶら下がっている傷んだ表札の前に立っていた。ソン・フォンタナルは、細いでこぼこの道沿いに、深い松林に覆われた急な丘をのぼった先にあるようだった。バイクを木の下に隠して三十分後、ロージィは父の生誕の地に立って、眼下に広がる肥沃《ひよく》な渓谷にすっかり心を奪われていた。

　ヴィラは色あせた赤い屋根に薄い桃色の石壁の建物で、二階建ての二つの棟が優雅な柱廊でつながっていた。その柱には育ちすぎたジャカランダが巻きついている。そのほか、建物の裏手に回る石畳の道に、通れそうなところがあった。南側には庭があり、草木がぼうぼうと生い茂っていた。ところどころにやしの木が見える。庭の境界に沿って、ぼろのアーチが並んでいた。いえ、ぼろじゃなくて、ただ古いだけよ！　ロージィは頭の中で慌てて訂正した。確かに屋根の瓦《かわら》がところどころ欠けていたり、壁に少しばかりひびが入っていたりはするけれど、ソン・フォンタナルは、コンスタンティンが言っていたような廃墟《はいきょ》じゃないわ！

ロージィは斜面の小道を足早に下り、中庭にある入口まで来て初めて足をゆるめた。ぽっちゃりした老齢の女性が、柱廊のつくる日陰に椅子を置いて居眠りをしている。いったいどう自己紹介したものかと迷いながら近寄ると、その女性が目を覚まして、ぎょっとしたようにロージィを見た。やがて皺《しわ》だらけのその顔がゆっくりと和らぎ、さもうれしそうに輝いた。

彼女は驚くほどの勢いで立ち上がり、ロージィがその腕に飛び込むのを待ち受けるみたいに、両腕を大きく広げた。「セニョリータ・エストラダ？」

父の名字で呼ばれ、ロージィは驚いて立ち止まった。その女性は滝のようなスペイン語を浴びせながら、ロージィの手をしっかり取って、両方の頬にキスをした。目には涙さえ浮かべている。彼女は白いエプロンのポケットから皺になった写真を取り出した。「スペイン語で、ドン・アントニオの娘と書いてあります」自慢げにアントンとロージィのスナップ写真を見せながら、彼女はため息をついた。「カルミーナといいます」

カルミーナは父の子守りとして雇われていた女性だった。自己紹介の必要はないことがわかった。彼女は、ロージィのことを知っていたのだ。父は、ソン・フォンタナルを買うためにここを訪れたとき、カルミーナがまだここに住んでいたことを知った。そして再会と帰郷の感動から、娘がいることを打ち明けたのだ。ロージィの目もうるみ始め、あふれる幸せに口元が震えた。父が自分のことを誰かに打ち明けたというのは、とても意味があることだった。

　カルミーナはまたポケットを探り、ていねいに折り畳んだ新聞記事を出して、白髪の混じった頭をゆっくりと横に振った。「いいえ、セニョリータじゃなくて、セニョーラね」そしてにっこりと笑ってうなずいた。「セニョーラ・ヴォーロス……になったんですね？」

　ああ、もううんざりだわ！　外国の山奥まで来て、まだコンスタンティンがついて回るんだから！　しかもあのばかげた結婚の話まで伝わっている！　スペイン語と、少しずつ自信を取り戻してきた英語を織り交ぜて会話するうちに、カルミーナは心配そうにエスポーゾはどこか、とたずねた。きっとスペイン語で夫のことをそう言うのだと思っていたら、背後の山の上のほうから、はるかな雷鳴のような音が聞こえてきた。ロージィは怪訝《けげん》に思って空を見上げた。

　雲ひとつない青い空に、深紅のヘリコプターが巨大な鳥のように浮かんでいる。ロージィは中庭から出て、ヘリコプターが着陸場所を探して周回するのを見た。ヴィラの正面から五十メートルぐらい離れた平坦《へいたん》な場所に下りてくる。回転翼が止まらないうちに、中から大柄な男が飛び出てきた。ロージィはがっくりするのと同時に、まったく逆に興奮で胸を躍らせた。そして、そんな正反対の感情を持つ自分に狼狽《ろうばい》した。

　コンスタンティンが、長く引きしまった脚で、ぐんぐん近づいてくる。ロージィは思わず逃げようとしたが、偶然、決然とした黒い瞳と視線がぶつかってしまい、とたんに標本にピンでとめられた蝶《ちょう》みたいに動けなくなってしまった。「私……」うわずったとぎれがちの声が出る。自分の声ではないみたいだった。

コンスタンティンが目の前まで来て止まった。何の前触れもなく、彼は身をかがめて彼女の脚をすくい、その腕に抱え上げた。ロージィは驚きのあまり口がきけないでいた。

「これから言うことは、ほかの人には聞かれたくない」コンスタンティンの声には脅すような鋭い響きがあった。「それに、新居に花嫁を抱き上げて入るのは伝統だろう?」

最後にヘリコプターに目をやったとき、ドミトリが見えた。以前その岩のような顔から表情が読み取れることはなかったが、今度は違った。ひどくうれしそうな顔をしているのだ。

ロージィは頬を真っ赤に染めて叫んだ。「下ろして!」

「やってみればいい」コンスタンティンは開いたままのソン・フォンタナルのドアを通り抜けていく。

ロージィはこぶしで彼の背中をどんどん叩いた。

「そのくらいじゃびくともしないよ、お人形さん」

「その呼び方はやめて! 大嫌いなんだから!」彼はもう幅広い石の階段をのぼり始めている。

「君にぴったりの呼び方じゃないか。僕が君にお似合いの夫なら、とっくに人形の中の綿をすっかり出してやっているところさ!」

「いったいそれは、どういう意味なの?」

「だから僕はほかの方法を考えなくてはならないという意味だ。まあ、時間はたっぷりあったから、なかなかおもしろいアイデアを練ることができたけどね」コンスタンティンはさも満足そうに脅しながら、彫り模様が施されたドアを押し開けた。「悪夢のような三日のあいだ、アテネからマンチェスター、マンチェスターからロンドン、ロンドンからアテネに戻って、そこからパルマに飛んだ。誰かにこの日程の償いをしてほしいね」

「そこまですることはなかったのに……」

「僕を駆り立てていたものが何だかわかるか？」コンスタンティンはロージィを肩から乱暴に引き離し、力強い手で彼女を受け止めると、脇《わき》を支えて自分の目の前に立たせた。今やロージィの世界は、ぎらぎらと光る黒い瞳に映るショックに満ちたちっぽけな自分の像に凝縮されてしまった。

「いいえ……」彼女はぼんやりとささやいた。口がからからに乾いている。

「この瞬間を待ち焦がれる気持からさ」催眠術にかかったうさぎみたいに自分を見つめるロージィに、彼はいくらかおぼつかない声で言った。「ギリシア人が逃げた妻をどう扱うかを教えてやろう……」

「妻じゃないわ！」ロージィは非常な苦労をして、言い返す言葉を探したが、見当違いのことしか言えなかった。脳がセメント漬けになったみたいな気がする。彼の温かいじゃこうのにおいに、かすかに柑《かん》橘《きつ》系のアフターシェイブの香りが感じられる。息をするたびに頭がくらくらしてきて、不思議な感覚に包まれていった。

コンスタンティンは一心にロージィを見つめていたが、その目に焼けつくような純金の輝きが走った。彼は何かギリシア語で荒々しくつぶやいて、ロージィを彫刻入りの大きなベッドに下ろした。そのときまで、そこにベッドがあったことにも気づかなかった。彼女はひどくゆっくりと起き上がって座った。どういうわけか脚と手が言うことを聞いてくれなかった。

コンスタンティンが手を伸ばして、積み上げられた白いリネンの枕《まくら》にそっと彼女をもたせかけて座らせた。「動くなよ！」

ロージィは身じろぎもしなかった。ただ目を丸くして、彼がネクタイ、ジャケット、シルクのシャツと、次々に服を脱いでいくのを眺めていた。舌が上顎にくっついて離れない。自分の体がだんだん緊張していき、小刻みに震え始めるのがわかった。彼女の視線は彼の裸の胸にくぎづけになっていた。滑らかな褐色の肩からがっしりした胸にかけて、魔法をかけられたような目で眺め回した。

　呼吸をするのも困難だった。いや、それよりも、指が手のひらに食い込むほどぎゅっと手を握って、どうかしそうな衝動を抑えるほうが難しかった。ベッドの端に身を乗り出して、彼に触れたい……。彼がちっぽけな黒い下着に指をかけたとき初めて、自分が男性ストリップを見に来たみたいにじろじろと彼を見ていたことに気づいた。

「さあ服を脱いで」コンスタンティンが言った。

　急に首をそむけた衝撃で、むち打ち症になるかと思った。顔がかまどみたいにかっかとしている。確かに彼は美しい体をしている。だからといって、これではのぞき屋よ！　自分の体が妙に反応してしまっていることには、なおさら腹が立つ。えっと、彼はなんて言ったのだったかしら？

　コンスタンティンが思い出す手間を省いてくれた。もう一度同じことを言ったのだ。ロージィは大きな目を見開いて、思い切り後ろを向いた。

「わかった」コンスタンティンはいら立ちをむきだしにして、驚くほどの素早さで彼女に手を伸ばした。

「何するつもり？」たっぷりしたTシャツが頭の上を飛び去る。ノーブラの胸を隠すことに気を取られているうちに、スパッツが下着ともども取り去られた。ロージィは仰天して悲鳴をあげながら、コンスタンティンを振り切ろうと無駄な抵抗をした。

　彼はロージィの腕をがっちりとつかみ、もがき暴れる彼女を押さえつけて上からシーツを掛けた。そして自分もベッドにすべり込むと、彼女のウエストに腕を置き、彼の熱い肢体にぴったりと引き寄せた。ロージィは体を硬直させた。彼は一糸まとわぬ姿だった。それに私も……。力ずくで服を脱がせるなんて、信じられない！

「部屋から出たら、警察に直行するわ！」

「相手は夫だと言うのを忘れないようにしてくれよ。きっと大笑いされるだろうね」

「あなたは夫なんかじゃないわ！　もし私に指一本でも触れたら……」

「どうでもいいから黙って寝てくれ」コンスタンティンは大きな体をベッド一杯に伸ばして、幸せそうなうめき声をあげた。

「ね……寝る？」

「ここ三日、満足に眠ってないんだ。僕は寝る。だから君も寝るんだ」コンスタンティンの深い声は、徐々にゆっくりと、低くなっていった。

　ロージィは、しっかりと体に回された彼の腕の中で、体をひねって向きを変えた。うろたえた目で彼を見る。彼の眠たげな目には隈《くま》ができていた。子どものように長く豊かなまつげが、ゆっくりと三日月を描きながら頬骨のほうへと下りていく。そばで見ると、彼はひどく青白い顔をしていた。彼があちこち飛び回っていたことを思い出して、良心がちくっとうずくのを感じた。

「私がまた逃げるのが心配なのはわかるわ。でも朝にはちゃんとここにいるって約束する」

　まったく信じていない証拠に、コンスタンティンはもう一本の腕をロージィの体の下に差し込んできて、彼女をもっと引き寄せた。それまで以上にひどいことになってしまった。今度は彼と顔をつき合わせて、男性的な体が半分のしかかっているのだから。その彼はといえば、信じられないほどリラックスして、のびのびと横たわっている。

「コンスタンティン……！」ロージィは思わず悲鳴をあげた。

「寝かせてくれないなら、その気になるぞ。セックスは疲労と緊張をほぐしてくれるからね」

このベッドで緊張している人間はたった一人、そしてそれはコンスタンティンではなかった。

　ロージィは銅像のように身じろぎもせず横になり、浮き沈みする彼の胸を髪に感じていた。彼はまるで物を抱くように彼女の体に両腕を回していた。実際、ぬいぐるみになった気分だった。彼女をベッドに連れ込んだ目的は、ただ、彼女がふたたび逃げないようにするためだったのだ。彼はもう、幸せそうにぐうぐうと寝込んでしまっている。

　なのにロージィはと言えば、混乱を極めた状態だった。それも、コンスタンティンのそばではおなじみの状態になってきた。ギリシアで逃げ出したのは、パニックを起こしたからだ。それに気づいてロージィは体をぴくっとさせた。眠ってはいても、コンスタンティンは、そのほんのかすかな動きに反応した。体に回された腕に力が入り、寝返りを打ちながらロージィの両脚のあいだに脚を差し込んできた。ロージィの体が意に反してかっと燃え上がり、欲望のかたまりと化した。それはロージィにとって、死んでしまいたいほどの屈辱だった。

　彼に力ずくで服を脱がされておきながら、これっぽちも怖いとは思わなかった。確かに怒りはしたけれど、恐怖は感じなかった。なお悪いことには、彼に眠れと言われたときにはがっくりしたみたい。あの感情は何だろう……失望？　そうかもしれない。あの、彼女を恐怖に陥れた欲望はまだ邪悪な獣のように彼女の中に潜んでいる。だが、それよりさらに彼女を脅かしていたのは、疲れたコンスタンティンを一目見ただけで、自分が悪いことをしたような気がして、不思議と同情してしまったことだった。どうしてこんなに憎い相手に罪悪感を持ったりするの？　あの怒りはいったいどこに行ってしまったの？

見慣れぬ寝室で揺すり起こされたロージィは、抱いていた枕から頭を上げて、ぼうっとした目でコンスタンティンを見た。彼はきちんと服を着て、ベッドの横に立っていた。彼の体にはふたたび力がみなぎっている。彼はほんとうにすてきだった。

「今、何時？」窓からあふれるような陽光が差し込んでいる。いったいどうして彼の腕で眠りについたりできたのだろう。彼女のほうも最近は眠れぬ日々が続いていたが、だからといってここまでリラックスしてしまうとは思わなかった。

「午後の三時だよ。もう起きたほうがいい。もうすぐランチができるから」

「誰が作っているの？　カルミーナ？」ロージィはまだ眠り足りないようにあくびをしながらつぶやいた。

「来る前からここには年取った管理人しかいないのを知っていたから、うちのスタッフが何人かあとから来る手はずになっていたんだ。だが、ここには全員が寝泊まりできるような部屋はないから、敷地のはずれにある休暇用のコテージに泊まってもらわなくてはならないな」

ロージィは、シーツを首までぴったりあてて起き上がった。それをコンスタンティンが恥ずかしげもなく見つめる。自分が胸からだんだんと首まで赤くなっていくのを感じて、ロージィは慌てて言った。

「どうして私がここにいるってわかったの？」

「飛行機の搭乗者名簿だよ。思い出の旅か何かなのか？」彼はロージィがアントンの生家を逃亡地に選んだことに不信をあらわにした。

「ここなら見つからないと思ったからよ」ロージィは頭をうなだれた。思い出の旅ね……。彼がほんとうのことを知っていたなら……。だが彼に真実を告げたとき、信じてもらえず逆に怒られたことが、彼女の中で深い傷となって残っていた。

「結婚指輪はどこだ？」このコンスタンティンの突然の質問に、ロージィははっと飛び上がった。

「はずしたわ」

「じゃあ、またつけてくれ」コンスタンティンがむっつりと言う。

「それが……パルマの空港でごみ箱に捨てちゃったの」

コンスタンティンはゆっくりと息を吸い込んで、またゆっくりと吐いた。それが何を意味するかはよくわかった。彼なりに気を落ち着かせようとしているのだ。だが、なぜ彼の頬骨に色が差し、屈辱と必死で闘うような表情を見せたのは、どうも理解できなかった。

「だって、二度とする必要はないと思ったんですもの！」恐ろしい沈黙に、ロージィは抵抗を試みた。

「下で話そう。着替えて下りてきてくれ」コンスタンティンは勢いよくドア口まで行くと、彼女をきっとにらんだ。「あんなふうに僕の家から逃げたことを謝るべきじゃないか？」

「あまり期待しないでほしいわ。私、謝るのが下手なの」

「そのうちわかるさ」

彼こそわかってもいいころなのに……。頑固さにかけては私に引けを取らないわね。ロージィは憂鬱《ゆううつ》な顔でベッドを出た。ろくに家具もない寝室には、ひどく古風なバスルームがついていた。一家全員で入れそうな巨大なバスタブに、ビクトリア朝のシャワーがついている。モーリスが見たら狂喜しそうな代物だ。だが、お湯が出ないのにはがっかりだった。

体を洗い終えるころには、歯ががちがち鳴っていた。しかもすり切れたタオルは二枚ともコンスタンティンが使って、床に投げ出してあった。お湯が出ないのも、きっと彼が使いすぎたせいだ。モーリスだってもう少しましな同居人だった。着替えは二階のバックパックの中だ。昨日の服を着て、取りに行かなくてはならない。なのに、寝室に戻ってみると昨日コンスタンティンに脱がされた服がどこにも見つからなかった。

湿ったちっぽけなタオルに身を包み、ロージィは寝室のドアを勢いよく開いて、力の限り叫んだ。

「コンスタンティン！」

六十秒が経過した。ロージィはじりじりと足踏みをしながら待ったが、結局もう一度叫んだ。階段に足音が聞こえた。彼女はにんまりして腕組みしたが、やってきたのはコンスタンティンではなく、ドミトリだった。彼女は慌ててドアの後ろに身を隠した。

「ミスター・ヴォーロスは、呼びつけられることに慣れてないんです」ドミトリは階段の踊り場から、流暢《りゅうちょう》な英語で申し訳なさそうにささやいた。「ああいう呼び方をされると、機嫌が悪くなってしまうんですよ」

「ほかにどういう機嫌のときがあるかしら」ロージィがぐちをこぼした。

「彼はまだ、ミスター・エストラダが亡くなったことから立ち直ってないんです」

その物静かな言葉が、ロージィの血の気をすうっと冷ました。そう言えば、コンスタンティンの悲しみは、少しも考えたことがなかった。

「それで奥様、ご用は？」

「いえ、たいしたことじゃないの」ロージィはドアをそっと閉めて、ベッドの端に腰かけた。

彼女自身も、父が死んでから、どうもいらいらすることが多かった。ベッドに横になったまま眠れない日々が続いていた。何かあると父に話したいと思い、そのたびに、精一杯励ましてくれたアントンはもういないことに、永遠に帰ってこないことに気づくのだった。そのアントンと二十年間ずっと一緒だったコンスタンティンの悲しみは、それ以上のものに違いない。

メイドがドアをノックした。手にはよろめくほどの衣装袋を抱えている。それを椅子にどさっと下ろすと、彼女は出ていった。それと交替にコンスタンティンが入ってきた。手には革のスーツケースを二つ持っている。

「あなたがここに引っ越してくるのはわかったわ。それなら私は部屋を空けるから服を返して」だが、そう言ったロージィの口調は、いつもほど険しくはなかった。

「あれは君の服だよ。フライトの合間に買ったんだ」

彼女の鮮やかな髪がぱっときらめいた。「どうして私に服を買ったりするの？」

「ろくな服を持ってないじゃないか。まあプレゼントみたいなものだ」

彼女の緑の瞳がぎらっと光った。「まあ、それはご親切にどうも。でも、私は自分の服を返していただくほうがありがたいわ」

「だめだ。返すくらいなら持っていったりはしない」

「も……持っていくですって？　力ずくで脱がせたんじゃないの！」

コンスタンティンは官能的な口元をぎゅっと引きしめた。「ほかの男に買ってもらった服を着ているのが気に食わないんだ」

「あいにくあの服は、パルマで一番安い店を一生懸命探して、自分で買ったのよ」

彼の黒い瞳に怒りが宿った。「言いたいことは君にもわかるはずだ。ホテルで着ていたあのドレス……あれはアントンに買ってもらったんだろう？」

ロージィは困惑してただうなずいた。

「だから処分させてもらった。君がアントンの女だったことを、いちいち思い出させられたくないんだ！」コンスタンティンは、そんなことまで説明させられているのが腹立たしいらしく、最後にはほとんど怒鳴っていた。

「ただ問題は、私は誰の女でもないってことね」

「今、君は僕のものだ」

「何ですって？」

「アントンから譲り受けたんだ」

「ちょっと、今、何て言ったの？」ロージィはその言い方にかっとして、震える声で挑んだ。

「僕は君に対する責任を受け入れたんだから、君も少しは僕の期待に従い、僕の考えを尊重してほしい」

「残念ながら私は従うタイプじゃないの、コンスタンティン」

「僕と一緒なら、そのうちそうなるさ」

「服を返してちょうだい！」ロージィは、ほとんど飛び上がるようにして言った。

コンスタンティンが手を差し伸べる。

「あなたなんて大嫌い！　その汚い手を離してちょうだい！」

まさにその手が、彼女の真っ赤な頬を包んだ。ぎらぎらと輝く黒い瞳が、猛烈な反撃に出る。「今朝僕が起きようとしたら、君はしがみついて離れようとしなかったじゃないか。しかたなく代わりに枕を抱かせたくらいだ」

「これほど体格差がなかったら、歯を全部へし折ってやるところだわ！」

「ああ、ずいぶんわかってきたようだな。一週間前なら、実際にそうしていただろうからね」コンスタンティンはいたく満足げな様子でつぶやいた。

ロージィはこみ上げる怒りとひどい混乱に身を震わせた。コンスタンティンは彼女の鮮やかな髪に長い褐色の指を差し込んで、頭の形にそって指をすべらせた。ロージィの体が、雷に打たれたようにぶるっと震えた。彼は残忍な笑みを浮かべて、彼女を放した。黒い瞳がゆっくりと、催眠術をかけるように彼女をなめ回す。「今晩、好きなだけ噛《か》みつけばいいさ。ベッドでの新しい体験はいつでも大歓迎だよ、お人形さん」

ドアが閉まったとたんに、ロージィはへなへなとベッドに倒れ込んだ。今晩のこと、まさか本気ではないわよね……？　まさか今晩私が、夜をともにするだろうと思っているのではないわよね？　でも、もし万一彼が言い寄ってくるようなことがあったら、はっきりノーと言えばすむことじゃない？　でも……ほんとうにそんなに簡単にノーと言えるかしら？

せっかく少し冷静になったのに、三十秒もしないうちにまた修羅場に逆戻りしてしまったのは、どういうわけなのだろう。それにこの新しい服！　どんなにお金持で社交好きでも、こんなたくさんの服を二カ月で全部着るのは無理だわ！　結婚した日には、彼が勝手にアントンが買ってくれたと決めつけたような、見ばえのする服を着ていなかったと言って、文句を言ったわね。

それが今では、アントンが買ってくれた服はもう二度と着るなと言わんばかりの勢いだ。ロージィは何だか頭が痛くなってきた。脈打つほどの張りつめた空気のせいに違いない。それにどん底に突き落とされたみたいな、この恐ろしい予感のせい……。

7

巨大な彫刻入りの家具が並ぶ薄暗いダイニングルームを横切りながら、ロージィは唇の上に汗がにじむのを感じていた。一歩一歩の足の動きまで、コンスタンティンがじっくりと満足そうな目で追っているからだった。あの目に浮かぶ表情は、独占欲の勝利だと思うのは考えすぎだろうか。それとも、そんなふうに見ないでほしいとテーブルの反対側から叫びたいと思うほうが、間違っているのだろうか。

「やっぱり、その色は君のすばらしい髪に映えると思っていたよ」

ロージィは真っ赤になった。自分の格好が気になってしかたがない。高級な服には違いないが、それは何の飾りもない緑色のサマードレスだった。一ダースもの服の中からそれを選んだのは、一番地味に見えたからだ。ところがいったん着てみると、スリムな体の曲線が、どぎまぎするほどくっきりと表れた。

「どうしてスタッフまで連れてきたの？　廃墟《はいきょ》同然だと言った家に長くいるつもりはないでしょうに……」ロージィは彼の前の椅子に腰かけながら、おずおずとたずねた。

「反対側の棟は使いものにならないが、こちら側なら、二週間ぐらいは我慢できるだろう」

「二週間？」

「それの何がいけないんだ？　新婚のカップルが二人きりになるために山荘にこもる。これほど自然なことがどこにある？」強がってみせたロージィに、コンスタンティンは日だまりにのびのびと横たわる大猫のようにクールな視線を投げた。

「どうしていちいち結婚、結婚って言わなくちゃならないの？」

彼のみごとな黒い瞳が愉快そうにきらりと光った。

「このへんで休戦しないか」

「き……休戦？」

コンスタンティンはいら立ちを紛らすように大きく息を吐き出した。「アントンの遺言に怒ったからといって、僕を責めることはできないだろう？　確かに少しオーバーな反応を見せてしまったかもしれないが、アントンのことはほんとうの父以上に慕っていたんだ。その彼に妻のほかに女がいたというのは、ひどいショックだった」

「女なんていなかったわ。いったい何回言ったらわかるの？　私は愛人ではなかったんだから！　あの家を見たでしょう？」ロージィは必死で訴えた。

「寝室が別だったことくらい、気がつかなかったの？」

コンスタンティンはがっしりした肩をすくめてみせたが、表情が硬くなった。「寝室の配置には興味がない」

「でも……」

コンスタンティンは冷ややかな目で彼女を見た。

「僕は朝まで女のベッドで眠ったことはないよ。それが清らかな生活をしている証拠になるのか？」

もちろん、ならない。だが、彼の告白は、どういうわけかロージィの胸にぐさりと突き刺さった。彼から目をそらしても、夜中にルイーズの腕からすべり出て家に帰るコンスタンティンのイメージを頭から拭《ぬぐ》い去ることはできなかった。「何て冷たい人なの？　欲しいものを手に入れたら、すぐにさようなら、というわけね。そんなこと、胸を張って言えることじゃないわ」

コンスタンティンの頬骨にかすかに血の気がのぼった。「セックスとは、肉体的な喜びを交わし合うことだ」

「さっさとすませて、はいどうも、っていうこと？　ロマンスも愛情も、感情さえないのね。これではアントンがあなたの女性に対する態度を嘆くのも無理ないわ」

　コンスタンティンのブロンズの肌から血の気が引いた。「まったく《クリストス》……」かろうじて怒りを抑え、とぎれがちのうなり声をあげた。

　彼を攻撃してショックを与えておいて、彼女のほうでも同じくらいの衝撃を受けて火のような色の頭をたれた。こんな男に恋してしまったらたいへんなことになるわ！　冷血、無感情の男。あっさりと肉体的な喜びなんて口に出して、しかもそれ以上はごめんだって言うんだから……。聞いているだけで虫酸が走る。

「それのどこがいけないんだ？」

「愛はどうなるの？」

「僕は恋をしたことはないんだ」コンスタンティンはいら立った目で彼女をにらんだ。「そんなもの信じていないんでね。情事の話なら別なんだが……」

「もう結構よ。それ以上ご自分の評判を傷つけることはないわ」ロージィはナイフとフォークを取り上げて、前菜にかかった。なぜかコンスタンティンの顔を見たくなかった。恋をしたことがないですって？　シンツィア・ボルゾーネにさえも？　たぶん、彼にはそれがどういう感情なのかわかってないんだわ。莫大《ばくだい》な金額の値札がついていて、携帯電話でお申し込みうけたまわります、ぐらい言われないと気がつかないのよ。

　ロージィの視線が、手の込んだ盛りつけがなされた皿から、テーブルクロスの上の指輪に落ちた。思わずナイフとフォークを皿に落として、エストラダのエメラルドをつかんだ。「なぜ返してくれることにしたの？」

「あまり感謝しないでくれよ。ただ持ってきただけなんだから。君がイギリスに忘れていたんだ」

「最後に見たときは、宝石箱の中にあったのよ」

「それはどうかな。モーリスがキッチンの窓枠で見つけたんだが……」

ロージィは狼狽《ろうばい》して真っ赤になりながら、指輪を指につけた。「そこに置いたことは全然覚えていないわ。絶対しまったと思っていたの。それをあなたのせいにしたりして……ごめんなさい」消え入りそうな声だった。

「それにモーリスは新聞の件を自分一人でやったことだと認めた」

ロージィはぱっと顔を上げた。見開いた目が苦悩に陰った。「嘘《うそ》よ！」

コンスタンティンは彼女の愕然《がくぜん》とした顔を、冷ややかな目でじっと見た。「君はどうも世間知らずのところがあるようだな。あれほど金になる話をモーリスに知らせるんだから……」

「そんなこと、信じられないわ！」

「本人がそう認めたんだ」コンスタンティンは彼女の取り乱した視線をしっかりととらえた。「嘘つき呼ばわりして悪かった」

ロージィはふたたび頭をたれた。「もういいの。どうでもいいことだわ」

「よくないよ」コンスタンティンの声は冷静だった。「僕は君に対して間違った考えを持っていた。だが、いったいどうして自分が悪いなんて言ったんだ？」

ロージィは喉にこみ上げてくるものを、やっとのことでごくんとのみ込んだ。「その……私……」

「君の行動は何から何まであの男を守ろうとしているように見える。あんな、あっさり君を裏切るような男を……」

ロージィはぎくしゃくした動作で立ち上がった。「あまりおなかがすいてないから……」心もとない声でそうつぶやくと、足早に部屋から出た。

モーリスがお金のために友情を売ったと信じるのは、ひどくつらいことだった。確かにモーリスにとってお金は大切だし、彼には野心もある。でも、商売は繁盛していてお金に困っているような状態ではなかったのに……。涙がこみ上げる目の片隅に、オフィス機器を運び込む男たちであふれた部屋が映った。ロージィは制服姿のメイドと体当たりしそうになって、開いていたドアから外に飛び出した。だが中庭にも人があふれていた。建築資材を下ろすバンのあいだを駆け抜けて、ロージィはさらに庭に出た。一人になれる場所を求めて走り回る彼女は、まるで暗がりを探す傷ついた動物のようだった。

ロージィは、とうとうしゃくり上げていた。両手で顔を覆っていると、後ろから二本の腕がそっと伸びて、彼女を振り向かせた。彼女ははっとして身を固くした。

「怖がらないで、僕だよ」コンスタンティンはそれが世界で一番自然なことのように彼女を優しく抱きしめた。「裏切られるのはつらいことだ」

「信じていたのに……」こらえきれずにこぼれ落ちた涙が頬を伝う。

コンスタンティンは顔を覆っていた彼女の手をそっと下ろした。だがロージィはびくっとして体を引き、身を守るように後ろを向いた。

「モーリスとはいつ知り合ったんだ？」

「十三歳のとき……妙な巡り合わせだったわ」彼女は憂鬱《ゆううつ》そうにささやいた。「彼のことを知るまでは、施設で一番怖い男の子だと思っていたんですもの」

「施設？」

ロージィは無理して笑い声を出した。「母が死んだとき、義理の父は私を施設に入れたの」

「なぜ？」彼はまったくわけがわからないという表情だった。

「自分の子じゃないからよ。結婚するまで母が身ごもっていたことを知らなかったの」

「なのに結婚生活を続けたのか……どうして離婚しなかったんだ？」

ロージィは唇をぎゅっと噛《か》みしめた。世の中、そんなに単純なものではない。トニー・ウェアリングは、母の初めてのボーイフレンドだった。彼は母にプロポーズしたのだが、母は秘書の仕事を見つけてロンドンに出てしまった。ところが故郷に帰ったとたんにイエスという返事。彼は有頂天になるあまり、急に気が変わったわけには気づかなかった。この話は母から一度ならず聞かされた。父がつらくあたるのも無理はない、ほかの二人の息子はほんとうの子なのだから、同じように扱われることを期待してはいけない、と言いたかったのだ。

「義父も私の母のことは愛していたの。ただ、母の仕打ちが忘れられなかっただけ。二人のあいだには実の息子が二人いたこともあって、母が死んだあとも私を手元に置いておく気にはなれなかったのよ」

「いくつのときの話だ？」

「九つ。最初は施設に入って、それから、短期でいろんな里親にも預けられた。でも、いつも逃げてばかりいたから問題児扱いされるようになって、結局わるばかり集まる施設に行き着いてしまったわ」

「モーリスもそうだったのか？」

「彼の場合は、お母さんが入院している病院に一番近い施設だっただけよ。妹さんは里親を見つけたんだけど、年ごろの男の子ってなかなか預かってもらえないの。ねえ、こんな話、もうよしましょうよ」

彼に向かって恥ずかしい身の上話をしている自分に困惑して、ロージィは歩き出した。

「君はあのゴリラを真剣に愛しているんだな。金のためなら、君を時間制で貸し出すことさえしそうな男なのに！」

ロージィは勢いよく振り返った。涙に濡《ぬ》れた顔が嫌悪にゆがんでいる。「よくもそんなことが言えるわね！」

「僕に君を押しつけたんだぞ。僕たち二人をはめたんだ。奴《やつ》は僕がどんな男か知っているのか？　あの記事のせいで君が僕からひどい目にあっていたかもしれないのに、それも気にならなかったようだな」

「彼はそんな人じゃないわ……絶対、そんな人じゃない……」

「もう一度奴を庇《かば》うようなことを言ったら、イギリスに飛んでいって、今度こそ奴を八つ裂きにしてやる！」コンスタンティンは煮えたぎる怒りをぶつけた。ロージィはその勢いにすっかり動揺してしまい、ただ目を丸くして彼を見つめた。「きかれる前に言っておくが、おととい会ったときにそうしなかったわけが知りたいなら、奴が何から何まで知っていることをよく考えてみるんだな。あの記事に出ていたちょっとした話だけじゃない、全部、すべて知っているんだ！　朝起きると、新聞に君とアントンの情事の暴露記事が載っていたりしたら、たまらないからね！」

コンスタンティンはさっさと歩み去っていったが、ぼうぼうの芝生の向こうで突然くるりと振り返り、決然とした足取りで戻ってきた。そして彼女の手を取った。「中に戻って食事の続きをするんだ」

「いやよ」

「妻が庭でいじけてめそめそして、スタッフの目を楽しませるというのは困るんだ！」

ロージィは思わず息をのんだ。「どうしてそんなに怒っているの？」

「そんなことわかりきっているじゃないか。実際、こんなに愚かな質問をされたのは生まれて初めてだね！」

コンスタンティンは、どこからともなく真っ白なハンカチを出してきて、ロージィの濡れた頬を、驚くほどの優しさでそっと拭った。ロージィは茫然《ぼうぜん》として彼を見つめた。「ああ、そういうこと……」ますます混乱させるような彼の不可解な行動の理由に、やっと気がついた。「にせの結婚があまり早く崩壊しては困るからなのね？」

返事の代わりに、コンスタンティンは黒髪の頭をゆっくりと下ろして、ロージィの唇を奪った。疲れきった彼女の体に炎が飛び込んできて、全身の皮膚を焦がす。彼がふたたび頭を上げた。ロージィは自分自身の強烈な反応にめまいを感じながら、その金色に燃え立つ瞳を見た。

コンスタンティンは不安になるほど穏やかな目で彼女を見つめた。「今晩はフォルメントールで食事しよう。そのあいだにスタッフが家を何とか住める状態にしてくれるだろう」

パールグレイの華麗なイブニングドレスに身を包み、ロージィは心底楽しんでいる自分に驚いていた。ホテルは豪華極まりなく、レストランには、ロージィも知っている有名人の顔がちらほら見えた。だがその中でも一番すてきな男性はコンスタンティンだった。みごとな骨格、ブロンズ色の肌、そして恐ろしいほどの威力を持つ黒い瞳……。

ここで彼を振り返って見ない女はいなかった。なのに、彼がシャンパンを注《つ》ぎ、脇目《わきめ》もふらずに楽しませている相手はロージィなのだ。入口で挑発的なドレスを着たブロンドとすれ違ったときも、部屋中の男性の頭がいっせいに振り返る中、彼だけは見向きもしなかった。

「いやにおとなしいんだな」

彼から目を離すのは至難のわざだった。ロージィは自分を腹立たしく思いながら、ゆらめくろうそくの炎にプラチナの結婚指輪が光るのを見た。夕方、宝石商がソン・フォンタナルに呼ばれ、前の代わりの指輪を選ばせてくれたのだった。コンスタンティンは、最初の指輪を捨ててしまったことを笑いさえした。どうして急にこんなに優しくなったのだろう。

「何を考えてるんだ、ロージィ？」彼からロージィと呼ばれるのは初めてだった。彼が言うと、何だかまったく違ったふうに聞こえる。そのゆっくりとした甘い声に、心臓がどきんとひとつ大きく打った。

　ロージィはシャンパンのグラスに目を落としたまま、深く息を吸い込んだ。「モーリスのことを考えていたの」それは嘘だったが、自分がたった一時間前にあれほどつらかったことをすっかり忘れていたのがショックだった。

「まさか《テオス》……」コンスタンティンはとたんにいら立ちを見せた。「いったいどこまであの〝先祖返り〟がついて回るんだ！」

　彼女は頭を高く掲げた。瞳が怒りに輝いている。

「確かに彼は教育や地位ではあなたにかなわないでしょうけど、いつだって私の力になってくれたわ」

「自分の利益と衝突しない限りはね」コンスタンティンはゆったりと椅子に身を沈め、軽蔑《けいべつ》した口調で指摘した。

「それは、いつも私のことを一番に考えてもらうわけにはいかないでしょう？　アントンだって、そうじゃなかった」そう認めないわけにはいかなかった。「でもモーリスは、一番肝心なときには、ちゃんと私を助けてくれたわ」消え入りそうな声でそこまで言うと、彼女はぎこちなくシャンパンのグラスを取り上げて飲み干した。

「続けてくれ」

　ロージィの顔がこわばった。ごくんと息をのんだ。

「十三歳のとき、二人の男の子が私の部屋に押し入ってきて、私を犯そうとして……モーリスが止めたんだけど、相手は二人だったから、彼はひどい目にあったの」

　コンスタンティンは顔色を変えたが、長い沈黙の中、魅惑的な口元がゆがんだ。「〝先祖返り〟の代わりに聖人と呼んだほうがいいのかな？　それを決める前に、奴が君を誘ったのは、それからどのくらいたってからのことかを知りたいね」

　ロージィは彼に殴られたみたいに体をびくっとさせた。「なぜそんなことを……あなただったらそうしたの？」

　彼女を傷つけたことに気づいたコンスタンティンは、テーブルの上でぎゅっと握っているロージィの手を取った。「ロージィ、僕は……」

　ロージィは手を引いてそれを拒んだ。「モーリスは私を見ると妹を思い出させられたのよ。母親がアルコール依存症だったから、彼はずっと妹の面倒を見てきたの。でもローナは里親に預けられて、彼は施設で生活することになった。ずいぶんつらかったと思うわ。だから邪推はよして。それもあなたには無理なことなのかしら？」

　ロージィは目を涙で光らせて、顔も上げずに立ち上がり、レストランを出た。彼はロビーで追いついて、背中をそっと撫《な》でてから、彼女を支えるようにその手をウエストに回した。「ロージィ……」

「コンスタンティン！」喜び勇む女の声がした。

　コンスタンティンはぎくっとして立ち止まった。さっきの挑発的なブロンドだ。恐ろしくちっぽけな黒いドレスから、豊かな胸がこぼれ落ちそうだった。

「いついらしたの？」彼女はコンスタンティンをロージィからもぎとって、唇に濃厚なキスをしながら、悩ましげな声で言った。「ダーリン、これでモンテカルロを思い出してくれたかしら？」

　コンスタンティンは彼女からきっぱりと身を離し、願いをこめるような目でロージィを見た。

「ジャスティーン……妻のロージィだ」彼の声は落

ち着き払っていた。

「あら、私のことは気にしないで」ロージィは甘ったるい声で言った。「あなたを縛るつもりはないんだから」

「結婚したの？　あなたが？」ジャスティーンは雷に打たれたような衝撃を受け、初めてロージィに目を向けた。「この人と？　どうしてまた……」

「機嫌がいいときには、夫の貸し出しもしていますのよ」煮えくり返る心をほほえみに隠してくるりときびすを返すと、ロージィは夜の外気に足を踏み入れた。一瞬頭がくらっとする。少しシャンパンを飲みすぎたかもしれない。

見向きもしなかったわけだわ！　使用ずみはご用なし、ってことだったのよ！　あれでよくも私のことを身持ちが悪い女なんて呼べたわね！

階段を何段か下りたところでコンスタンティンが追いついて、彼女の腕をつかんだ。「まったく《クリストス》……どうして僕たちの結婚や僕のことをあんなふうに言ったんだ？」

「ねえ、コンスタンティン、ひとつはっきりさせておきたいんだけど……」ロージィは顔を怒りで真っ赤にさせて、ぴたりと立ち止まった。「私たちは結婚なんてしてないの。わかる？　私は、もし結婚するとしたら教会で式を挙げて、新郎には少なくとも少しは好きで尊敬できる人を選ぶつもりよ。一晩限りの関係以外は考えられない無神経なうぬぼれ屋は、いらないの。だからさっさと消えてちょうだい！」

「そんな言い方はやめるんだ！」

「あなたの女の趣味は最低よ！」言いたくてうずうずしていた言葉が、こらえきれずに口から飛び出した。「だから、私に愛嬌《あいきよう》を振りまいて一晩無駄に過ごす必要なんかないのよ。モンテカルロのほうがずっと楽しかったんでしょう？　あなたって女たらしだわ。私はあなたみたいな男は、竿《さお》でだって触りたくないわ！」

「まさか《テオス》……本気で言ってるのか？」コンスタンティンが怒鳴りつけた。

「ええ、本気よ、ダーリン！」ロージィは意地悪くジャスティーンの口まねをした。

目の前で閃光《せんこう》が走り、ロージィの目をくらませた。驚いて目をこらすと、カメラを持って走っていく男が見えた。コンスタンティンは、その隙《すき》にロージィをがっしりとつかまえて、唇を激しく奪った。とたんに頭を吹き飛ばされるような衝撃を受けた。ああ、嘘ばっかり……。それを最後にロージィの思考は止まり、彼女は豊かな黒髪に荒々しく指を差し込んで、コンスタンティンを自分のほうへ引き寄せた。彼が欲しい。憎い。離れられない。彼女は自分でもどうしようもないほど激しい情熱に突き動かされていた。

車に乗ったことは覚えていない。ドミトリは正面ではまじめくさった顔をしていたが、背中を向けたとたんに、いかつい肩を震わせて笑いをこらえているのが、厚いガラスの仕切り越しにもわかった。ロージィはひどい屈辱を感じて、慌てて運転席から目をそむけた。

「ぶしつけな態度をとってしまって、君が怒るのも無理はない。だが、君のあとを追ってレストランを出たときには、謝るつもりだったんだ」

「まあ珍しい」そうは言ったものの、ロージィは内心ひどく怯《おび》えていた。あれは嫉妬《しっと》だ。生まれて初めて誰かに嫉妬して、やつあたりまでしてしまった。しかもそのせいで、ホテルの前で派手な喧嘩《けんか》をする場面をパパラッチに写真に撮られてしまった。

「君の態度には……」コンスタンティンはどうもぴったりくる英語を探しているようだった。

「〝ぞっとする〟よ」ロージィはふさいだ声で言った。「でも、これには明るい面もあるんだし……」

「明るい面？　まったく《クリストス》……アントンみたいな言い

方だな！　屋根は落ちたけど、壁が残っている僕たちは幸せだって言うようなものだ」コンスタンティンが驚いて不平を言った。「で、その明るい面っていうのは何だ？」

　ロージィは震える手を合わせてもぞもぞさせた。

「あの写真が公表されれば、それだけ早く決別できるわ」

　コンスタンティンは理解できずに眉を寄せた。

「決別？」

「にせの結婚が終わるときのこと。要するに、私たちはすごく相性が悪いのよ。結婚して何日もしないのに首を絞め合うような喧嘩をして、その証拠写真まであるんですもの。別れるのに二カ月も待つ必要はないでしょう？」

「苦あれば楽ありと言うじゃないか」

「それを言うなら、楽あれば苦ありだわ」突然ロージィはひどく憂鬱な気分になった。結局彼女はコンスタンティンを憎んではいないのだ。彼女が憎み、恐れたのは、彼が彼女の感情に及ぼす絶大な力のほうだった。

「そうだったかな」

　重苦しい沈黙が続いた。

「そのあとどのくらいでモーリスと関係を持ったかときいたのは、あれは思わず口をついて出てしまったんだ。君を傷つけるつもりはなかった。君がそんな年で暴力にさらされたと聞いて、ひどく動揺してしまったんだ。だが、一度君を救ったとはいっても、奴がつまらぬチンピラだということに変わりはないよ。君の英雄崇拝と感謝の気持を逆手に取っているんだからね」〝先祖返り〟からチンピラね。少しは格が上がったのかしら。どうもそのへんはよくわからなかったが、ロージィのほうは間違いなく格が下がっていた。相手を尻に敷く女から、いつの間にか、か弱い犠牲者にされているのだから。

「モーリスとはそういう関係じゃないわ」ロージィは下唇を噛みしめてつぶやいた。

「以前はともかく、今は違うと言うんだな」コンスタンティンのがっしりした顎の線がぎゅっと引きしまった。「僕たちが別れるときが来ても、僕の目が届く限り、君がモーリスの元に戻ることは許さない。奴は君を悪い世界に導く男だ」

「私は二十歳《はたち》なのよ、コンスタンティン。十歳の子どもじゃないわ」

「だが、君は子どもみたいに嘘ばかりついている」車がソン・フォンタナルの中庭に止まった。「君は、一緒に住んでいた男のどちらとも寝ていないなどという話を、僕が信じると本気で思っているのか？君が妊娠していると思っていたのでなければ、なぜアントンが僕に君との結婚を強制するようなことをするんだ？」

「嘘つき呼ばわりしないで！」ロージィはリムジンを飛び降りて、急いで家の中に向かった。コンスタンティンが石畳の玄関で彼女に追いついた。

「だが僕にはひとつ慰めがある。もし君が実際に妊娠していたり、アントンと……」彼はあざけるような笑いを浮かべた。「……血のつながりがあったりしたなら、僕は一生この結婚から逃げられなかった。それを考えると、まだ救われる思いだ」

ロージィは驚きのあまり立ち止まった。「そんなの変よ……おかしいわ！」

「変？」いきなり挑まれて、コンスタンティンは怪《け》訝《げん》な顔をした。「その二つの場合に限っては、アントンに託された使命をまっとうする義務がある。これは名誉にかかわる問題だ」

「そんな……とんでもないわ！」

「君にとってはそうかもしれない。だがアントンは僕を育ててくれた人だ。とても尊敬している。彼は家族に対する義務をとても大切にしていた。個人的な感情を退けても家族への忠誠を守るのは当然のことなんだ」

ロージィの乾いた唇から、ぎこちない笑いがもれた。アントンの娘であることを強調しなくてよかった。父親の遺言のせいで、縄で彼女にくくりつけられているコンスタンティンの姿が目に浮かんだ。

「つまり、アントンのためなら、まったく知らない女とでも結婚していられるって言うの？」

「実際、僕はまったく知らない女と結婚した。ところが君は、どんどん身近に感じられてくるのに、ますますわからなくなってしまう」コンスタンティンが突然すごい勢いで訴えるので、彼女は思わず身震いした。「君がわからない……だが、わかるまであきらめるつもりはない！」

ロージィは一歩後ろに下がった。だが、今回はその手も効き目はなさそうだった。彼の声に込められた情熱が彼女を芯《しん》から熱くして、いくら離れても安全ではないのがわかった。

「僕を見て……」コンスタンティンがそっと言った。

ロージィはまた一歩下がった。「えっと、その……」

「僕は女たらしじゃない」

「あなたがそう言うなら……」

「ジャスティーンに会って過ちを犯したのは、二十一のときのことだ」

「まあ……ずいぶん強烈な印象を残したのね！」思いがけず熱い金色の瞳と目が合ってしまった。ロージィは急に息苦しさを覚え、うわの空で階段を後ろ向きにのぼり始めた。

「彼女たちにとって強烈な印象があったのは、僕の財力のほうだ」コンスタンティンが縮こまった獲物を追いつめるライオンのように、両腕を広げて近づいてくる。「ところが君は金には少しも興味がなさそうに見える。それは僕にとっては新しい体験だ。

しかも、君がそういう反応を見せるというのは意外だ」

「そう？」彼女は一度に二段階段をのぼってバランスを崩し、手すりにつかまった。「どうしてそれが意外なの？」

「君が予想どおりの強欲な女なら、喜んで僕とベッドに行って、その関係を利用しようとするだろう」コンスタンティンはゆっくりと、あのどうしようもなくすてきなほほえみを浮かべた。「だが君は、体はもろく反応するわりに、意志のほうはがんとして譲らない。とても結果を楽しみにしているようには見えないんだ」

「もしかしたら私は、あなたが挑戦されるとますます燃えると思って、したたかに操っているのかもしれないわよ」

「そうだろうとも、生まれたときからそうしてやろうと思っていたんだろう？」コンスタンティンは金色の瞳で愉快そうに彼女を眺め回した。「それ以外に君が喧嘩をしかけてくる理由がどこにある？」

「それは……その……」ロージィは口ごもりながら踊り場にたどり着き、さらに一歩段を上がろうとしてよろめいた。コンスタンティンがしっかりとつかまえなければ、ひっくり返っていたかもしれない。

「あなたが言いがかりばかりつけるからよ！　だから喧嘩になっちゃうのよ！」

「いや、そうじゃない。君が何かと喧嘩をしかけてくるのは、僕を近寄らせないためだ。だが、その手はもう通用しない。やっとどうすればいいかわかったんだからね。君が大きな声をあげるたびに、その口をキスでふさげばいいんだ」

「そんなのうまくいくわけないわ……私は生まれつき口が達者なんだから！」

　コンスタンティンは彼女をさっと抱き上げて、寝室に連れていった。「もちろんうまくいくさ。そして一度僕の腕に抱かれる喜びを知ったら、もう〝先祖返り〟のことは二度と口にしなくなるだろうね。僕は完璧《かんぺき》ではないかもしれないが、彼よりはましだと約束するよ」

ロージィは彼を見上げた。心臓が恐ろしい速さで鳴り響いて、耳鳴りがする。「だ……だめよ。できないわ」

「できるよ……ほら」唇の端でコンスタンティンがささやき、息が頬にかかった。すると手のつけようのない欲望がロージィの体を稲妻のように駆け抜けた。彼の深いゆっくりとした声に、彼女はただ純粋に、本能だけで唇を預け、そしてみずから燃え上がった。

8

気がつくとベッドの上だった。起き上がろうとすると、ドレスが肩からすべり落ちそうになった。いつの間にかジッパーが下りている。ロージィは茫然《ぼうぜん》としてコンスタンティンを見た。

彼はすでに半分服を脱いでいた。そのみごとな黒い瞳にじっと見つめられて、ロージィは心臓が張り裂けそうになった。私はこうなることを望んでいるの？　ええ、それは間違いない。でも、それでいいの？　いいえ、絶対だめ。ロージィは震える手でドレスを押さえて、ベッドの端へそっと脚をすべらせた。

コンスタンティンが落ち着き払って近寄り、彼女の靴を取った。携帯電話が鳴る。だが、彼はそれを取りもせずに切った。

「大切な電話かもしれないのに！」

「なぜそんなにびくついているんだ？」コンスタンティンは不思議そうな顔をしながらズボンを脱いだ。

「びくついているんじゃないわ」ロージィは悲鳴に近い声をあげながらベッドから転がり下りて、真っ赤になって背中のジッパーと格闘した。「でも、ディナーと新しい服で私が手に入ると思ったら大間違いよ。それに五分間だけ血の通った人間のふりをするのもだめ」

コンスタンティンは緊張しきった彼女の肩に、ゆっくりと手を回した。「そんなに怖がらないでくれ。手荒なことはしないから……」

「コ、コンスタンティン……」

ロージィが庇《かば》うより先に、彼の温かい手が張りつめた彼女の胸を覆った。激しい興奮に襲われて、彼女は思わず目を閉じた。「やめて！」

だが、彼はドレスのストラップを腕の下にずらすと同時に、首のつけ根の鼓動が脈打つところに唇をあてた。ドレスが床に落ちる。ふたたびベッドに戻されながら、ロージィはかすかなうめき声をあげた。

「君を傷つけたりはしない……」コンスタンティンは彼女のふっくらした唇に指を這《は》わせた。ぎらぎらと輝く金色の瞳に催眠術にかけられたみたいになって動けない。「たとえ一晩中かかっても、僕との時間をあますところなく楽しませてあげよう」彼は指で唇を押し開き、そっと中を探った。ロージィは夢中でその指に舌を絡ませた。

コンスタンティンが笑った。ロージィの心臓がどきんとする。彼は今度は舌の先で唇をたどり始めた。キスしてほしい。ロージィはたまらなくなって彼の髪に手を差し込み、力ずくで自分のほうへ引き下ろした。そして、長く激しいキスを飽くことなく求めながら、それでも満足できない自分に気づいた。そのときには彼はすでに先を行っていた。彼の指が張りつめた胸をたどる。そこに炎で撫《な》でられるような感触が残った。

　肺から絞り出された息とともに、苦しげなうめき声がもれる。コンスタンティンは彼女を見下ろしながら、喉の奥から柔らかな声をもらした。信じられないほどセクシーな声だった。舌がピンクの頂を撫でた。もてあそぶようなその動きに、耐え難いほどの興奮がどっと押し寄せる。ロージィは彼の髪、険しい頬骨、たくましい肩と、触れられるところはすべて触れようとした。

　コンスタンティンは彼女を抱いたままくるりと身を返した。上になった彼女は、体を駆け抜ける情熱にまかせて彼にキスをした。彼は手で彼女の髪をかき分けて顔を上げさせ、燃え立つ金色の瞳で彼女を見た。「少し休まないか？」

「休む？」ロージィはそれを外国語みたいにただ繰り返した。敏感になった胸が彼の固い胸毛をこすって、彼女は思わずうめき声をあげた。

「休まないと僕は……」彼はそれだけ言うと長い指で彼女の腰をつかまえて、ぴったりの位置にあてると彼女を前後に揺さぶり始めた。この新しい感覚は強烈な歓喜をもたらして、ロージィに我を失わせた。

　コンスタンティンは彼女を寝かせてふたたびキスをした。そして体を引き寄せたかと思うと、そのままの勢いで彼女の中に入ってきた。体に激痛が走り、彼女は死者の目を覚ますほどの叫び声をあげて、がっしりした肩に歯を食い込ませた。

　はっと動きを止めた彼の黒い瞳に、罪悪感と驚きが宿っている。「悪かった……つい自制心を失ってしまった」

　魅力的な黒い瞳が戸惑いに陰るのを見て、ロージィの胸が痛んだ。「私……」

彼はくしゃくしゃになった黒髪の頭を下ろして、彼女に優しくキスした。「君は地上の楽園だよ」そしてそっと、ほんのかすかに体を動かした。「僕を信じて……」

ロージィは太陽の下の霜みたいにすうっと溶けた。次に彼が動いたときには甘い感覚が体を貫いて、彼女はその次を待ち焦がれる自分に驚かされた。

「だいじょうぶ？」コンスタンティンがかすれ声でたずねる。

だいじょうぶ？　それどころじゃない。すごくすてきで、限りなく彼に近い感じがする。目を閉じると、恐ろしい勢いで感動が高まり、ただ彼にしがみついて、その力強い動きを受け入れるのがやっとだった。そのとき、自分に何が起こっているのかもわからないうちに、体中の熱が一気に集まったかと思うと、まぶたの裏で色とりどりの星が爆発した。彼がクライマックスに達したときも、まだ考えられないほどの歓喜に揺さぶられていた。

ずっとこうしていたかった。この幸せな時がいつまでも続くことを願った。彼が頭を上げて、思いつめた目で彼女を見下ろした。彼の体に見る見る力が入ってくる。だがそれが何を意味するかは表情からは読み取れなかった。「君はバージンなのか？　それとも僕がそう思っただけか？　ああ、どうしてそんなことが僕にわかる？」

彼は不意に彼女から身を離し、ベッドから跳ね起きた。「シャワーを浴びてくる」

「コンスタンティン……？」

「傷つけたなら悪かった」彼はバスルームの入口で振り返りもせずにつぶやいた。「だが今はこの展開を喜ぶ気にはなれないんだ」

ひどい侮辱に衝撃を受けて、ロージィは横になったままシャワーの音を聞いた。欲望を満たしたら逃げるが勝ちというわけね。喉に嗚咽《おえつ》がこみ上げて、まぶたの裏が熱くなった。止めればよかった。ノーと言えばよかった。なのに、欲望に身をまかせてしまった。自分が何をしているのか真剣に考えず、彼に身をまかせてしまった。だが、考えていたとしても、まさかこんなにすぐに拒絶されるとは、こんなに心をゆっくり裂かれるような痛みを味わうことになるとは、思ってもみなかっただろう。

　コンスタンティンがバスルームから出てきて、部屋中の家具をがたがた言わせている。ロージィはとうとう頭を上げて見た。彼は全身を火花が散るほどこわばらせて、ジーンズをはいているところだった。頭とは正反対に、彼女はつい見とれてしまった。

「出かけてくる」コンスタンティンは振り向きもせずに言った。

「どうぞご勝手に」ロージィは顔をそむけて言葉を絞り出した。これほどの孤独を感じたことはない。彼のことは知っているつもりだったのに、今ではまったくの他人に思えた。彼の考えていることがわからない。ああ、よく知りもしない人と寝たりするから、こんなことになるんだわ。

　ロージィは何時間も横になっていて、明け方近くやっと眠りについた。九時ごろになって、屋根を修理する音で目が覚めた。シャワーを浴びて、贅沢《ぜいたく》なタオルをやたらにたくさん使った。コンスタンティンは眠れただろうかと思って、そんなことを気にする自分がいやになった。

　階下に下りると、閉じたドアの向こうからコンスタンティンの声と電話の音が聞こえた。彼女は唇をぎゅっと噛《か》みしめて、メイドに案内されるまま、ダイニングルームに入った。朝食が用意されていたが、とても喉を通らない。コーヒーを飲み終えようとしたとき、カルミーナが入ってきた。手に大きな花束を持っている。

カードに〝許してくれ〟とある。

ロージィの頬に血がのぼった。許す？　百年謝り続けることね！　彼女は歯ぎしりした。きっと〝花でも贈っておいてくれ〟とドミトリに言ったんだわ。自分は指一本動かさないで……。でもなぜ？　彼はハネムーンのふりをするために山にこもっているせいで、ベッドに連れ込む女の子に不自由していた。欲望にかられたせいで、優雅な独身生活が脅かされると思ったに違いない。ただ、まだ後悔を示すには時期が早すぎると思ったのだろう。

ロージィは部屋のドアを大きく開いてオフィスに踏み込んだ。だが、入り方としては失敗だった。忙しすぎて誰も気づいてくれなかったのだ。すらっとした三十代のブルネットが、立ったままメモを取っている。コンスタンティンはギリシア語で口述しながら、電話でも会話している。若い男がパソコンに向かい、もう一人がファックスから紙をちぎっていた。

ロージィは部屋を横切って、シュレッダーの前に立ち、ボタンを叩《たた》いて花を押し込んだ。機械は最初の数本を噛み砕いたが、すぐに警告のブザーを鳴らし始めた。

コンスタンティンは電話を切って立ち上がった。ロージィの怒りに燃える緑の目には、彼以外誰も映らない。グレイのサマースーツに包まれた彼は、どうしようもなくハンサムだった。スタッフがさりげなく部屋を出る。ロージィは深く息を吸い込んでみたが煮えたぎる思いは静まらず、手に残っていた花を床に叩きつけた。

「よくも花なんか贈れたものね！」

「ゆうべのことは間違いだった。だが、起こってしまったことはしかたがないじゃないか」

確かにそのはずなのだが、体の隅々にまで痛みが走る。ロージィは混乱を見せまいと目を伏せた。

「ベッドに誘ったのはあなたなのよ」

「あれだけ惹《ひ》かれ合っていたんだ。ああなるのが自然だった。ただ僕は、養父の愛人に自制心を失ってしまった自分が許せないんだ」

ああ、そうだった。彼はまだ頑固に愛人だったと信じている。なのにロージィは理由を聞いてなぜかほっとした。じれったくもあった。カルミーナを呼んで、写真を見せるように頼めば、娘であることを証明できる。でも……それが何になるだろう。汚名は晴らせるかもしれない。だが、コンスタンティンがゆうべあれほど胸を張って言った言葉を忘れることはできなかった。

私のほんとうの姿を知ったなら、コンスタンティンは、私をアントンのために背負わねばならない義務だと思い始めるのだろうか？　ロージィはそんなことは絶対にいやだった。もちろん、いつかきちんと身元を証明する時が来るのは間違いないが、今はその時ではない。アントンの隠し子だと白状して、彼から同情されることなど、考えたくもなかった。

彼の熱い瞳を見つめるうちに、ロージィは心臓が締めつけられるような感覚に襲われた。脈打つような沈黙の中、コンスタンティンはただ彼女を見つめている。突然、息が苦しくなる。今度は自分に何が起こっているかがわかるだけに、ショックだった。

「ああ《クリストス》……まるで君の魔術にかかってしまったみたいだ。ゆうべ以上に君が欲しい」

「おあいにくさま」ロージィは体の底からわき起こる欲望に揺さぶられ、震える声でやっと言った。ぼんやりと曇った緑の瞳を、彼の力強い褐色の顔から離せない。痛いほど彼が欲しい。その思いが、彼女のプライドをずたずたに切り裂いた。

コンスタンティンは、返事の代わりに手を差し伸べて、ロージィを腕にしっかりと抱いた。そして唇を熱く、激しく奪った。ロージィの思考はすべて停止した。彼女はがっしりした彼の肩にしがみつき、手を髪に絡ませて、夢中でキスを返した。

彼はロージィを抱いたまま椅子に座った。ゆったりしたＴシャツの下で、彼の手がウエストの滑らかな肌をすべり、胸へと達した。ブラがあっけなく取り去られ、裸の胸が両方の手に覆われる。甘い感覚がどっと押し寄せた。立っていたら倒れていたに違いない。

コンスタンティンは、くしゃくしゃになった彼女の髪にしっかりと手を差し入れて、彼女を押し戻した。とぎれがちの呼吸の音が聞こえる。電話は鳴り、ファックスは紙を吐き出し続ける。一瞬、彼は目を閉じ、唇をぎゅっと結んで、自制心と戦っているように見えた。「なるほど仕事をしながらのハネムーンというのは、無理があったかもしれない」彼はいきなり立ち上がってデスクの上の書類を乱暴に押しのけると、彼女を抱き上げて端に座らせた。「だが妻と愛を交わしたくなったら、そっちが優先だ」

「私はあなたの……」妻じゃないと言おうとした。だが、ロージィは急にその言葉が心地よく感じられて、その余韻を味わう自分に気づかされた。

コンスタンティンはＴシャツをゆっくりと脱がせながら、舌を彼女の唇に這わせた。指が張りつめたピンクの頂をかすめる。彼女は息をするのも苦痛なくらいの興奮にとらえられて、無我夢中で彼を見た。荒々しいほど情熱的なまなざしに、心臓が破裂しそうになる。彼女はすっかり我を失って、背筋を弓なりにして身を差し出した。そのときいきなり彼が動きを止めて、Ｔシャツを彼女に投げつけた。彼女の目が驚きにぱっと開いた。

コンスタンティンは、今まさに開こうとしているドアに足早に向かっている。同時に、外のホールで陶器が床に落ちて壊れる音がした。

ロージィは仰天して飛び上がった。まったく聞こえていなかった音が、耳に戻ってくる。電話の鳴る音。ファックスも動いている。なのに自分は裸同然の格好で突っ立っている。日中に、コンスタンティンの仕事机の上でみだらな女みたいに体を差し出して……。ああ、何てこと……。

　コンスタンティンがドアをそっと閉めた。「メイドがコーヒーを持ってきたんだ。ドミトリがすごい勢いで止めたので、メイドがびっくりしてトレーを落としたそうだ。まったく《クリストス》、こんなことをしたのはティーンエイジャーのとき以来だな」彼は何だか愉快そうにつぶやいた。

　ロージィは彼を見ようともしなかった。「出ていって！」

「なぜ？」

　彼女は屈辱に身を焼かれる思いだった。「服を着るあいだ外で待っていて」

「でも、この状況で服を着るっていうのは、変だと思わないか？」

「どうして黙って言うことを聞いてくれないの？　いちいち言い返すばかりなんだから！」

　ドアがぱたりと閉まった。

　ロージィは真っ青になってデスクから飛び下りると、手探りでブラを見つけ出してから、床を這いつくばってカンバス地のパンプスを探した。着替えをするうち、目から涙がこぼれ始めた。開いた窓を何となく見ていたが、突然、そこから外に出ることを思いついた。窓を大きく開く。そして窓枠にひょいと飛び乗って、一瞬後には外にいた。これでとりあえずは彼と顔を合わせなくてすむ。とにかく今は、頭の整理が必要だった。

　屋根用のタイルや梯子《はしご》などをよけながら歩いていると、敷地に車が入ってくる音がした。真っ黄色の４ＷＤだ。車が止まり、運転していた男が飛び出してきた。ブロンドの髪を陽光に光らせて、あたりをきょろきょろと見回している。ロージィははっとして立ち止まった。

「モーリス？」ロージィはか細い声でささやいて、もう一度今度は叫んだ。「モーリス！」そして全速力で走っていって、再会の喜びに涙しながら、モーリスに飛びついた。

9

モーリスはロージィを温かく抱き止めながら、くしゃくしゃの髪の下で涙に濡《ぬ》れている目に気づいて、青い目を不安に曇らせた。「ひどいありさまだな。何かあったのか？」

「ドライブに行きましょうよ！」ロージィはモーリスから離れると、すぐさま４ＷＤの助手席に潜り込んだ。「早く！」

「コンスタンティンが来るぜ」モーリスはジョーズのテーマ曲を口まねした。

「やめてよ！」あたりを見回してから、ロージィが叫んだ。コンスタンティンに見つかって、車から引きずり出されたりしてはたいへんだ。「私、彼に恋してしまったみたいなの！」

　とうとう口に出してしまった。最悪の悪夢を現実にしてしまった。なのにモーリスは驚いたふりもしてくれない。

「ところで何しに来たの？」

　モーリスは車をゆっくりとUターンさせた。「ずいぶん長く休暇を取ってないからね。お前からマヨルカと聞いたときには、太陽と砂浜が目に浮かんだよ。お前がどこにいるかは、すぐに察しがついた。だから地図を片手にいざ出発、となったわけだ」

　モーリスが険しい山道を高所恐怖症さながらの速度でそろりそろりと下っていく。曲がりくねった道が角にさしかかると、ハンドルをしっかり握りしめて徐行した。そのあいだずっと、ロージィは頭がおかしくなるくらいコンスタンティンのことを考えていた。

　彼はロージィの人生にいきなり飛び込んできて、平穏な生活と心の安定を根こそぎ奪った。代わりに彼がくれたものと言えば、自己嫌悪の感情と、活火山も顔負けの癇癪《かんしゃく》玉くらいのものだった。コンスタンティンに脅威を感じたなら、叫ぶしかないと思っていた。なのにゆうべ、その彼から、彼を近寄らせないためにわめいているのだと言われた。彼はロージィの内面を知り、彼女自身も気づいていなかったことまで見抜いていた。それが怖かった。

　自分がアントンの娘であることを主張するのをやめたときに、コンスタンティンの妻であることを心地よく感じたときに、恋だと気づけばよかった。だが、コンスタンティンの目的はセックスだけなのだ。ロージィにとって彼はたまらないほど魅力的な相手で、彼にとって彼女は……欲しければ手に入る相手だった。新聞がすっぱ抜かなければ、式の翌朝には振り返りもせずに立ち去っていただろう。

「例の記事のこと、気にならないのか？」モーリスが緊張でがちがちになったまま言い出した。「それとも、コンスタンティンから俺《おれ》のせいだと聞いてるのか？　ほんとうに悪かった。うっかり妹に口をすべらせたりして……」

「ローナ？」ロージィは物思いから引き戻されて、ぱっと頭を上げた。

「ああ。ローナがパブで知り合いになった男にミッチっていうのがいてね。地元新聞の記者だったんだが、妹はだいぶ前からそいつの気を引こうとしていたらしい」モーリスが憂鬱《ゆううつ》そうに言った。「だからローナは奴《やつ》にお前の話を口走ってしまったんだな。いいコネがあると思われたら、少しは興味を持ってくれると期待したんだ。それで家に呼んで、例の写真を貸したんだとさ」

そのときになって、あの写真はローナが撮ったことを思い出した。ローナが焼き増ししたものをプレゼントしてくれたのだ。

「だが、ミッチとはそれっきりだそうだ。そいつはスクープを持ってロンドンのゴシップ紙に移ってしまった。ローナが、結婚のこと以外は知らなくてよかったよ。お前とコンスタンティンはロンドンで知り合ったと思っているんだ。アントンや遺言のことまで知っていたら、今ごろ、記者連中に追い回されて、ひどい目にあっていただろうな」

ロージィはため息をついた。「彼女を守るために嘘《うそ》をついたのね」

「コンスタンティンってのは、ただではすませない男だからな。ああ、実際、ロケットみたいな奴だよ」モーリスはバックミラーに目をくぎづけにしてうなった。

ロージィはコンスタンティンを庇《かば》う言葉が口から出かかっているのにはっとして、慌ててそれをのみ込んだ。「私はきっと、彼にのぼせ上がってしまっているだけなのよ。そのうち目が覚めるわ」

「そうなることを願ってるよ。よほど頭がおかしくない限り、こんな危険な道でバンパーにあたりそうなほど車間距離をつめてくる奴なんていないぜ！」

モーリスの眉に冷や汗が浮かんでいる。

「え……？」ロージィが後ろを振り返ると同時に、真っ赤なスポーツカーが崖《がけ》の縁ぎりぎりのところをすごいスピードで追い越して、タイヤをきしませて止まった。

モーリスは４ＷＤのブレーキを思い切り踏んで、車を止めた。コンスタンティンがするりと車から出て、こちらに向かってくる。

「追い抜いてそのまま行ってしまえないの？」

「お前も奴ぐらい頭がいかれてるのか？　この道でフェラーリとレースするなんて、自殺行為だよ」

コンスタンティンは三歩手前で立ち止まり、サングラスをジャケットのポケットにしまった。その氷のように冷たい瞳は、怒りをぶつけられるよりもずっと恐ろしかった。

モーリスが二人を交互に見て、ゆっくりと頭を振った。「車を出るんだ、ロージィ。俺がヒーローに変身するのは、勝ち目があるときだけだ。で、コンスタンティンってのは、とどのつまり、お前の夫だからね」

ロージィはあんぐりと口を開いた。

「まあ、奴が暴力を振るうとか、そんなことがあるなら別だが……」

ロージィは嘘をつきたくてたまらなかったが、さすがにそれはできなかった。「でも、それじゃあんまりだわ……」

「悪いが、俺はどっちの味方もしない」モーリスはきっぱりそう言うと、ロージィのシートベルトをはずした。

「賢明だな」コンスタンティンがボンネットを回ってやってくる。

「また連絡するよ」モーリスがため息をついた。コンスタンティンはロージィを助手席からすくい上げた。「自分で歩けるわ！　下ろしてよ！」

だが彼はその懸命の訴えを完全に無視して、一言も言わずにどんどん歩いていき、彼女をフェラーリの助手席に座らせた。

「どうしてこんな扱いをされなきゃならないの？」コンスタンティンが隣に座ると、彼女は叫んだ。

「君は自分が恥ずかしくないのか？」

「何が言いたいの？」

「さすがのモーリスも、良心が痛んで君の様子を見に来たらしいが、僕にあれこれ言うつもりはないらしい。奴は恋人ではないと言ったのはほんとうだったんだな。だが君にとっては、深い関係でないのは本望ではないんだろう？」コンスタンティンは思い切り軽蔑《けいべつ》を込めて言った。「君が友達でいることで満足せざるをえないのは、奴がそれ以上の関係を望まないからなんだ」

「ばかなことを言わないで！　私はモーリスに恋しているんじゃないのよ！」

「確かに君は、アントンには恋していなかっただろう。だが彼が、不在だった父親の役を務めたことは間違いない」

ロージィは身動きひとつできなくなった。彼女の怒りは、今や痛みに変わっていた。「だって、ほんとうにそうだったんですもの」

「ところが追悼式も終わりもしないうちに、幽霊そっちのけで色気を出したりするとはね！」

あの日、コンスタンティンを前にして、自分がどんなふうになってしまったかをはっきりと思い出させられて、ロージィは真っ赤になった。

車が中庭でぴたりと止まる。コンスタンティンはエンジンを止めて、彼女のほうを向いた。生命力に満ちたハンサムな顔で、瞳が黒曜石みたいに硬くなっている。「君は危なくなるといつもモーリスの懐に飛び込んできた。だがこれからは、それは僕の役目だ……」

そしていつまでも……。そう考えてロージィは怖くなった。自分がひどくか弱い存在に思える。

コンスタンティンは、ロージィの鮮やかな色の巻き毛を手に取って、指のあいだでもてあそんだ。そして彼女の苦悩に満ちた顔を手で上げて、じっくりと顔をのぞき込んだ。「しかも僕は君が欲しい。これこそもっともシンプルな男と女の関係じゃないか」

ロージィは興奮がこみ上げてくるのをやっとのことで抑えた。すっかり自分が恥ずかしくなって、おぼつかない手つきで彼の指を髪からはずし、身を離した。「人生に絶対の保証なんてないことはわかってるけど、いくら何でもそれでは満足できないわ」

「なんだか交渉のにおいがするな。しまいには金額の提示があるのか?」

「感情に値札はついてないわ」

彼は黒髪の頭を傲慢《ごうまん》にのけぞらせて、挑戦的な目を向けた。「本心で言ってるのか? 僕はもう自由を犠牲にしたんだぞ。君にはわかってもらえないかもしれないが、これは僕にとって、人生最大の譲歩なんだ」

「でも、あなたは私のためには何一つ譲ってないわ。私と結婚したのは遺言のため、一緒にいるのは新聞に書かれたからよ。私がどんな気持でいると思う? つかの間の情事賞で表彰された気分よ!」ロージィの声は次第にボリュームを上げていったが、それを彼は妙に冷静に聞いていた。「あなたには驚きかもしれないけど、私は自分をそれよりはずっと価値があると思ってるんですからね!」

ロージィの荒い息の音だけを残して、沈黙が広がった。

「なら、僕らに話すことはもうなさそうだ」コンスタンティンがそっと言った。

ロージィは驚いて眉をひそめた。「でも……」

「君はつかの間の情事はいやだ。だが僕の目的はそれだけなんだから」

ロージィのほてった頬が、徐々に色を失った。冷たい言葉がナイフのように心をえぐる。こんなに傷ついたのは生まれて初めてだった。彼女はフェラーリを這《は》うようにして出ると、よろよろと歩き出した。

どうしてこれほど拒絶されるような立場に自分を追いやってしまったのだろう。恋にすべてを忘れたティーンエイジャーみたいに、恐怖も不安も投げ出して、もしかしたらという気持だけで、ただぶつかっていったのだ。だがコンスタンティンのほうは、そんな立場に置かれるのがいやで、彼女のばかげた行動を徹底的にやり込めたのだった。

「もちろん……」こわばった背中の後ろで、コンスタンティンがさらりと言った。「僕の気持を変えさせるように努力してもいいんだよ」

ロージィは無防備な心に、さらにナイフが深く突き刺さるのを感じた。だが、それと同時に、自分がまだ、恋するのと同じくらいの激しさで憎めることに気づいた。

「そのために、ひとつアドバイスしておこう。〝先祖返り〟と山を駆け下りるという手には効果がないぞ」

ロージィは、燃え立つ赤毛の頭を高く掲げて、くるりと彼を振り返った。「私から見れば、あなたは存在しないも同然よ。もうあなたなんか眼中にないわ」彼女は面目を保つのに必死だった。「あなたとは、これ以上かかわり合いになりたくないの」

家に向かって歩く彼女を支えていたのは、心の傷と、ぼろぼろになったプライドだけだった。無邪気にも彼に心情のほどをぶつけてしまったが、かえってそれでよかったのかもしれない。おかげで、少なくとも自分がどんな立場にあるのかはわかった。彼がどんな目で彼女を見ているのかも……。最悪の予想が的中したとはいえ、知識は力なり、と言うじゃないの。そうでしょう？

「あら、そんなにしてくださらなくても、中に入ったら自分で作るのに！」ロージィはレモネードのグラスを持ってきたカルミーナに向かって言った。

「そんなことを言って、真っ暗になるまで中に入らないじゃないですか」カルミーナが不平を言う。

　ロージィは立ち上がって背を伸ばした。手を薄汚れた半ズボンで拭《ぬぐ》って、グラスを受け取る。「この庭……ずいぶんきれいになったと思わない？」

　カルミーナは石の段に腰かけて、ぽっちゃりとした腕を組んだ。皺《しわ》だらけの顔をしかめて、刈り込んだ草木や、前は雑草に囲まれて見えなかったつる薔《ば》薇《ら》に目を向けた。彼女はため息をついた。「結婚……うまくいってませんね」

　ロージィは思わずたじろいで、持っていたレモネードをごくりと飲み込んだ。喉の渇きは癒《い》えたが、あまりたくさん一気に飲み込んだので喉が痛かった。

「カルミーナ……」

「お父様はこんなことを望んでいたのではありません。あなたとコンスタンティン……お父様はこの結婚に夢を託したのです」

「夢はかなうとは限らないものよ」実際、アントンの夢は、彼女を悪夢のどん底に突き落とした。

「彼はあなたがドン・アントニオの娘だと知らないんでしょう？　それは夫に対してたいへん大きな秘密ですよ」

「自分のしていることぐらいわかっているわ、カルミーナ」

「そんなことを言って……。ソン・フォンタナルはぴりぴりしています。みんなこっそり歩いて、にこりともしない。あの腕ききの料理人だって、もう一回手つかずの食事が戻ってきたらやめるって言ってます」

「コンスタンティンがかりかりしているからよ」

「奥さんが一日中庭で働きっぱなしではそうもなりますよ。あなたは夫を拒絶してるんです」

彼女のほうでは、拒絶するどころか、彼を頭から振り払うのに必死だった。「彼って拒絶されると逆に張り切るタイプなのよ」

カルミーナは舌をちっちっと鳴らして立ち上がった。「まったく、あなたも彼と同じくらい頑固ですよ」

ロージィはますます熱心に草むしりを始めた。アントンの娘なら、一生面倒を見る義務があるとコンスタンティンが言った瞬間に、絶対に知られまいと誓った。性的な面にしか興味のない彼が、義務感から結婚を続けたりしたら、少しは態度を改めたとしても、内心では不運を呪《のろ》い、私を恨み続けるだろう。

「なぜ庭師を追い帰したんだ?」

ロージィはぎょっとして立て膝のまま振り向いた。大きな黒い影が太陽を遮っている。彼女は手縫いのイタリア製ローファーをじっと見つめた。それより上は見たくない。「自分でやりたいの」

「こんなに広いんだぞ」

「時間はいくらでもあるわ」

コンスタンティンは音をたてて息をついた。「昼食にも夕食にも出てこないし、まるでだだっ子だな!」

「だだをこねているんじゃないわ。ただ、私たちにはもう何も話すことはないからよ。このあいだのあなたの言葉ではっきりしたわ」

「まったく《クリストス》……せめて話をしているときくらいは、顔を見てくれ!」コンスタンティンはいきなりロージィの腕をつかんで立ち上がらせた。

ロージィは身を振りほどいて、何歩か後ろへ下がった。目線をそらそうとしたとき、ダイヤモンドのような瞳につかまってしまった。その衝撃は、想像していたよりはるかに強かった。心臓が恐怖に脈打ち、呼吸が苦しくなる。彼に触れたくてたまらなかった。

「このあいだ言ったことだが……僕にはまだ、僕たちの関係をはっきりさせる心の準備ができてなかったらしい」

その言葉を信じたかった。それにすがりたかった。だが、言い訳には時間がたちすぎていた。もう何も聞きたくない。ロージィは歩き始めた。「お風呂に入るわ」

引きしまった手がさっと伸びて、彼女を引き止めた。「言いたいことはそれだけか？」

緑の瞳に怒りが宿った。「見当違いだったわね、コンスタンティン。これまでどんな女にも言いたい放題、したい放題で通ってきたから、私もそれでいいと思ったんでしょう？」

「いったい何の話だ？」

喉の奥から苦々しい笑いがもれた。「何でも正直に言えばいいってものじゃないの。あなたは実際、けちをつければ、私が気に入られるように努力するだろうと思ったんじゃない？」彼女は声を震わせて黙った。

ほんの一瞬、コンスタンティンはまぶたを伏せて彼女を見つめた。「そんなことは思っていない」

「信じられないわ。あなたって傲慢で自己中心的で、ほかの人の気持を考えられない人だもの。どれだけお金持でも、私はあなたみたいな人は絶対認めませんからね！」

「ふうん」コンスタンティンはさっと手を伸ばしてロージィを力強く抱き寄せた。「なら、認めるどころじゃすまなくさせてあげるよ」

その熱く、激しく、復讐《ふくしゅう》するようなキスに、ロージィの膝は音をあげそうになった。激しい興奮が電流のように体を貫き、心臓が激しくときめく。気がつくと、いつの間にか彼のシャツ一面に、ロージィが真っ黒な指を這《は》わせた跡がついていた。そのしみは、彼女の恥と敗北を世界中に訴えているように見えた。

「シャツを替えなくちゃ」

「誇りを持って着ていたいよ。隈《くま》なく触ってくれたらしいね」

「着替えして！」ロージィは心の底から訴えて、家に向かって歩き始めた。「私はお風呂に入るわ」

「じゃあ上で会おう」

ロージィにはその意味がよくわかった。めまいがする。キスひとつであんなになってしまうなんて、いつでもどうぞと言っているようなものだ。

中庭にタクシーが止まっている。ロージィがホールに入ったとき、メイドがブリーフケースを手にした白髪の男性を応接室に通していた。男はロージィに気づいて一瞬ぎょっとした様子を見せたが、すぐに気を取り直し、会釈して部屋の中に消えた。

ロージィは階段の下にドミトリを見つけた。「今の人は誰？」

「テオドポロス・ステファノス。ミスター・ヴォーロスの弁護士です」

いくら臨時の妻でも、こんなひどい格好では驚かれてもしかたないわね。バスルームで服を脱ぎながら、ロージィは、妻でも恋人でも、愛人でさえもない自分の立場が急につらくなった。

でも、もしかしたら、彼はほんとうに、まだ二人の関係をはっきりさせる心の準備ができていないだけなのかもしれない。もしかしたら、傷つくことを恐れるばかりの私が悪いのかもしれない。ロージィは腹立たしくなった。コンスタンティンのために言い訳を作って、自分を責めているのだから。

　タオルを体に巻いて寝室に戻り、そこで足がぴたりと止まった。ベッドに、しなやかな肢体をのびのびと横たえるコンスタンティンの姿があった。白いシーツにブロンズ色の肌がひときわ美しく見える。

　ロージィが茫然《ぼうぜん》と見ていると、彼は憎いほど官能的な口元をふっとゆるめた。

「どういうつもりか知らないけど……」

「言わなきゃわからないのか？」

「もちろん、あなたの魂胆はすっかりわかってるわ、コンスタンティン」ロージィはドアに向かった。出口を示そうと思ったのだ。

「鍵《かぎ》がかかっている」

　振り向くと、彼が大きな鍵を振って見せている。

「またスタッフを驚かしたくないからね」

「その鍵を貸して！」

「取りにおいで」

　ロージィは鍵に飛びついた。だが、その瞬間に、コンスタンティンは部屋の向こうへ鍵を投げて、彼女のウエストをがっしりとつかまえた。「絶対引っかかると思ったよ」

「放して！」

「一日十時間も鋤《すき》を斧《おの》みたいに振り下ろして欲望と闘う女なんて、君が初めてだよ」

「あなたを避けていただけよ！」二人を隔てているものはタオルだけだった。彼の熱い体を感じるうちに、皮膚が緊張し、息苦しくなっていく。

「自分が信用できないからさ。僕にしたって同じだった」彼はハスキーな声でそう告白すると、さっとタオルを取り去った。

　ロージィはとっさにタオルを取り戻そうとしたが、その拍子に体を返されて、あっと言う間に彼に上から押さえつけられてしまった。

「弁護士が下で待ってるわ！」自分自身の意志と必死で闘う中、ロージィは突然思い出した。

「テオなら、もう帰ったよ。こんなに遠くまで書類を届けに来ておいて、昼も食べずに帰ってしまうんだから、変わってるよ」金色の瞳が彼女の上気した顔を焼きつける。「まあ、印象的ではあるが……」

ロージィはただじっと彼を見るばかりだった。心臓がどきどきして、手脚が震える。体が激しく彼を求めている。

「ほかの人間はどうでもいい。気が散って仕事もできないくらいだ。何とか言ってくれよ」

ロージィは口を開くのもやっとだった。「キスして……」

彼の熱い瞳に勝ち誇った色が浮かんだ。そしてむさぼるように激しくキスをした。彼女は長い間抑圧してきた熱情に駆り立てられるままキスを返し、金色の肌に包まれた固い筋肉に手を夢中で這わせた。

「いつだって先を急ぐんだな……」彼は手を彼女の腰の下に差し込んで、そしてためらった。「もう痛い思いはさせたくない」

「空想の中のあなたは、そんなこと言わなかったわ！　やめないで、これ以上じらさないで！」

沈黙が、鳴り響くようだった。彼女は青くなって目を閉じた。いやだ、何か口走ってしまった……。

「どうしたらいい？」

「私の願いをかなえて……」

コンスタンティンは乾いた声で笑って、これ以上ないほどゆっくり中に入った。熱く、甘い感覚が、彼女を沈黙の世界へと引きずり込んでいく。あるときはゆっくりと、あるときは性急に、いつまでもいつまでも続く彼の動きは、彼女をやがて忘我の境地に導いた。

腕の中で彼が身を震わせると、優しい気持がどっとこみ上げて、ロージィは褐色の肩にそっと唇をあてた。彼女の夢見心地の目を黒い瞳がしっかりととらえた。彼の指が顎の線をそっとたどる。その手に頬をすり寄せながら、最初のとき、逃げるようにベッドを出た彼を思い出して不安になった。息がつまるほどの沈黙の中、彼はあちこちにはねている彼女の巻き毛を自分の気に入るように直してから、親指で唇をそっと撫《な》でた。

「君に触れずにいられないよ……」

そのほほえみに、心臓が大騒ぎする。

「もう一度君が欲しい」

彼にふたたび抱きしめられて、深い金色の瞳にじっと見つめられると、考えられないほどの幸福感がロージィの心を満たした。

「スタッフに午後いっぱい暇をあげたのはよかったけど……」ロージィはテーブルの端に腰かけて、コンスタンティンが大きなサンドイッチと格闘するのを見ていた。「あなたは料理人なしでは生きていけないわね」

「君だってそうだ」

「だって、私はサラダとフルーツがあれば、あとは出来合いのものでいいんだもの。でもコーヒーくらいはいれられるわ」

「君はキッチンのテーブルの上でも魅力的だね」

ロージィはジーンズに包まれた脚を振り上げて横向きに寝そべり、五〇年代の映画スターの写真みたいなポーズを取った。

コンスタンティンが笑い、ロージィはテーブルからするりと下りた。「窓に向かわないでくれよ」

「窓?」そうたずねてから、二回も窓から逃げたことを思い出して、彼女は赤くなった。

「盗賊みたいな腕前だったな」

「昔、かなり練習を積んだから」

「逃げる練習かい? だがそれももう終わりだ」彼

は真剣な表情になった。「君が逃げたのは、僕に傷つけられたか、近づきすぎたときだった。最初の問題は努力する。だが、もう一方のはやめろと言っても無理だ」

「それって脅し？」

彼は手を伸ばして彼女を抱きしめ、そっと言った。

「もう脅しはやめだ。これからは約束をしよう。君のすべてが知りたいんだ……」

ドアがばたんと閉まる音に、ロージィは目を覚ました。ランプの明かりに目をしばたたきながら、ベッドの足下に立つコンスタンティンに焦点を合わせようとした。裸身にジーンズだけの彼は、ほんとうにすてきだった。彼はいつだってすてきだった。

目が合った瞬間に、黒い瞳に浮かんだ怒りが、彼女の瞳を切り裂いた。彼は全身をこわばらせている。

「どうかしたの？」

「テオが持ってきた書類というのが気になって夜中に目が覚めた。こんなところまで自分で届けるくらいだから重要な書類のはずのに、なぜ逃げるように帰ったんだ？」

ロージィの視線が、ゆっくりと彼の手の分厚い茶色の封筒に落ちた。

「理由がわかったよ。テオはきまりの悪い思いをしていたんだ」彼は物静かに続けた。「彼にアントンの貸し金庫を開けてもらったんだが、そこからこんなものが出てくるんだからな！」

彼は手を振り上げて、何かをベッドに叩《たた》きつけた。ロージィはそれを慌てて取り上げた。よちよち歩きの自分が映った小さなスナップ写真だった。

彼の黒い瞳には、はっきりと非難が込められていた。「復讐したかったんだろう？　君は、最後の最後に真実を突きつけるつもりだったんだ！」

10

復讐《ふくしゅう》？　ロージィは本能的にベッドから飛び出して、コンスタンティンのほうへ向かおうとした。そのとき、裸の自分に気づいてぞっとした。床に落ちていたタオルを慌てて巻きつける。「そんなにたくさんの写真が、どこにあったの？」

　コンスタンティンは返事の代わりに写真の束を封筒から出して、ベッドの上にどさっと落とした。

「生誕から九歳までのロージィ。どれもこれも、みじめな幼少時代を象徴するような写真ばかりだ。母親も君も、さぞかし運命を呪《のろ》っただろうな！」

「何が言いたいの？」

「最高の復讐にするために、絶好の瞬間を待っていたんだろう？　ところが君は、一度口をすべらせている。悪い冗談みたいにね。そのときちんと正さなかった僕にも落度はある。だが君は筋道立てて証明しようとはしなかった。そんなことをどうして信じられるんだ！」

「だって、証明しようにも、証拠がないもの！」

「アントンが証拠を持っているのは知っていたはずだぞ。このファイルがテスピーナの目に触れたらどうするつもりだったんだ！」

「ファイルって……？」

「君の誕生以来の記録だ。アントンは君に連絡を取る前から、君のことを何もかも知っていたんだ」

　その言葉はロージィを打ちのめした。つらいことがたくさんありすぎて、彼女は、父にそれまでどんな人生を送ってきたかは言わなかった。父を傷つけたくなかったからだ。なのに、父はすべてを知っていたのだ。

「アントンはどうして君の母親とかかわり合いになったんだ？」

ロージィは立っているのがつらくなって、ベッドの端に腰を下ろした。「秘書が病気になったので、代わりに母が派遣会社から送られたの。関係は数週間しか続かなかった……」

「僕の両親が死んで、アントンとテスピーナが僕を引き取ることになったからだ。それがなかったら、君の人生はずいぶん違っていたかもしれない」

奇妙なことだが、今まで考えてもみなかった。彼女が母の体に宿ったちょうどそのころ、アントンとテスピーナは、養子というかたちで長年望んでいた子どもに恵まれる。その九歳の男の子が、亀裂《きれつ》の入っていた二人の関係を癒《い》やした。それがコンスタンティンなのだ。

「でも、アントンは母の妊娠を知らなかったのよ」

「ああ。代わりに写真とそっけないメモで、娘ができたがほかの男と結婚したから一生会えないと言われたんだ。写真が来なくなると、アントンはたまらずに君を捜し始めた」

「彼は義父の名前さえ知らなかったのよ。何回かあきらめかけたらしいわ」

「ああ《クリストス》……そんな人生を送ったのでは、さぞかし僕やテスピーナを憎んでいるんだろうな！」彼はこれ以上彼女を見るのは耐えられないとばかりに、荒々しく後ろを向いた。

「私は誰も憎んでいないわ」ほんとうは二人を恨めしく思った時期もあったことを思い出して、ロージィは恥ずかしくなった。だが、二人に会《う》って現実を受け入れたとき、そんな気持は消え失せた。

「アントンは母を愛してはいなかった。ずっとテスピーナだけを愛していたの。母にはそれがわかっていたのよ。だから彼に選択の余地を与えなかったと思うの」

「君だって僕に選択の余地を与えてくれなかった。僕が君をアントンの愛人だと思い込んで苦しんでいるのを知りながら、ほうっておいたんだからね！」

「愛人じゃないって何度も言ったわ」

「それでは何の説明にもならないぐらい、君にもわかっていたはずだ！　アントンの人間性を疑ったことは一生の悔いとして残るだろう。これからは、彼が僕を信じて託した責任をまっとうする。その責任というのは君だ」

「そんな……私と結婚しろと言うアントンのほうがおかしいのよ！」

「エストラダ家にやってきたとき、僕は恐ろしくやっかいな子どもだった。二人は辛抱に辛抱を重ねて、その愛と導きで僕をまともな人間に育ててくれた。二人には一生かかっても返しきれないほどの恩があるんだ」コンスタンティンは唇を噛《か》みしめて窓に近寄り、勢いよくカーテンを開いた。外には月明かりの夜が広がっている。

そのときまで、彼が両親のもとで完璧《かんぺき》な人生を送っていたことを疑ったことはなかった。「ごめんなさい……もう一度、ちゃんと説明すればよかったわね。でも最初に言ったときに、あまりきっぱりと拒絶されたし、あとになったら恩とか義務とかいう話を聞いてしまって……」

コンスタンティンは突然くるりと振り返って、素早く部屋を横切った。そしてびっくりするほど力のこもった手で彼女の肩をつかんで立たせた。「君はバージンだった。なのにアントンの女ではなかったことを打ち明けるくらいなら、死んだほうがましだと思っていたんだろう？　なんて冷たい、復讐心にあふれた女なんだ、君は！」

彼が出ていって、ドアがぴしゃりと閉まった。ロージィの頬にゆっくりと涙が伝った。たった何時間か前、彼の腕の中で眠りについたばかりなのに……。

真実がこれほど彼に精神的な打撃を与えるとは思ってもみなかった。でもそれなら私は、何を期待していたんだろう。彼が懸命に謝ること？　アントンの娘としてではなく、一人の人間として愛してくれること？

何時間ものあいだ、部屋を行ったり来たりしたあと、ロージィは何とか眠ろうとしてあきらめた。良心の呵責《かしやく》と、また誤解に輪をかけたのではという不安で、心はいっぱいだった。ランプをつけて、もう朝の三時近い時刻になっているのに気づいた。もしかしたら、コンスタンティンもまだ眠れずにいるかもしれない。

足音を忍ばせて踊り場を横切り、彼の部屋のドアをそっと開いた。だがベッドに人の寝た形跡はない。階段の下を見ると、居間からかすかな光がもれている。ホールに下りてから、ロージィはためらった。いったい彼に何を言うつもり？　まさか気がどうかしそうなほど愛しているとは言えないでしょう？

だが、ロージィは意を決してドアを開けた。明かりはランプひとつだけで、ほかは真っ暗だった。コンスタンティンはソファーに横になっている。そっと近づくと、ギリシア語で何かつぶやいた。豊かな黒いまつげが上がったが、どうも彼女に焦点を合わせられずに苦労しているらしい。

「コンスタンティン？」

彼は二回まばたきして、ゆっくりと顔をしかめてから、ギリシア語で返事をした。彼女はソファーのそばに膝をついてしゃがみ、引きしまった褐色の手を取ろうとした。

暗闇《くらやみ》の中で何かが動いて、ロージィはぎょっとした。ドミトリがドアの後ろの椅子から立ち上がり、こちらへ向かって来る。「私がお世話しますから、ミセス・ヴォーロス」

「お世話って、病気か何か……」そのとき初めて、アルコールのにおいが鼻につんときた。床の上にはウィスキーのボトルとグラスが転がっている。

「多少ご気分がよろしくないのです。お部屋にお戻りください。私が見ていますから」

「しょっちゅうあることなの?」ロージィはやっとのことで言った。

「こんなご様子になられたのは初めてです」ドミトリの視線が冷たいのは、動揺のさなかにあってもはっきりとわかった。

コンスタンティンが寝返りを打ってまた何かつぶやく。「彼は何を言っているの?」

「うさぎのことです」

「うさぎ?」

「ミスター・ヴォーロスをベッドに運びますから」ドミトリが一歩前に出たので、ロージィは場所をあけるしかなくなり、よろよろと立ち上がった。

ドアのところまで来て後ろを振り返る。「あなたの考えているようなことではないのよ」彼女は力なく言った。

「考えるのは私の領分ではありませんので、ミセス・ヴォーロス」

だが、ドミトリの様子には非難がありありと感じられた。普段の控えめな優しさがすっかり消え去り、コンスタンティンに対する猛烈な忠誠心のようなものに取って代わられている。コンスタンティンはこんなところを見られたくないに違いないという思いだけが、彼女を立ち去らせた。

ベッドに横になって夜が明けるのを見た。あんなに動揺して……。アントンの信頼を裏切ったとはいっても、一応は結婚もしたし、ロージィから財産を取り上げるどころか、ソン・フォンタナルの借金や修繕費に自分の財産を注《つ》ぎ込むことまでしているのだ。なのに、どうして前後不覚になるまで飲んだりするのだろう。

彼女はふたたびベッドを出た。ジーンズと洗ったばかりのコットンのシャツを着て、髪だけとかした。新鮮な空気と広々とした空間が必要だった。レンタルのバイクが、中庭に止めてある。バイクにはここに来たきり乗っていなかった。山道をドライブすれば、少しは気分が晴れるかもしれない。

甘いにおいを放つ松の木陰にバイクを止めて、持ってきたスナックを食べた。まだ朝早い時刻だった。缶ジュースとハムとトマトをたっぷり挟んだ長いロールパンは食欲を満たしてくれたが、心は相変わらず空洞のようだった。

コンスタンティンは威圧的で、傲慢《ごうまん》で、仕事依存症の大物実業家だ。二人には何ひとつ共通するところがない。しかも彼は大勢の女性に追いかけられていて、ロージィはそんな競争に加わるタイプではない。

コンスタンティンが彼女に感じるものがあったとしても、もうそれは失われてしまった。彼がすばらしく楽しい相手にもなれるし、驚くほど優しく、頼りになる面があったとしても、そんなことはもう関係がない。所詮《しょせん》、本物の結婚ではなかったのだから。これからこの一時的な契約は、どうなってしまうのだろう。

ソン・フォンタナルに大きな黒いリムジンが止まっている。ロージィはその車の脇《わき》を通って中庭に入り、ゆっくりバイクから降りた。ヘルメットを脱いでいるとき、コンスタンティンが階段を下りてきた。ロージィの心臓が宙返りした。イタリアンカットのダブルのスーツが彼の黒髪と金色の肌によく似合って、一目見ただけで、心が太陽の下のチョコレートみたいにとろけてしまう。

みごとな黒い瞳が彼女をとらえていつまでも放さ

ない。力強い顔に不思議な静けさが宿っていた。

「僕が心配するとは思わなかったのか？」

ロージィは当惑して赤くなった。「何も考えずに出かけてしまったの」

「そのバイクはどうしたんだ？」

「ここに来るとき、二週間借りたのよ」

「工事関係者のものだとばかり思っていた。ドミトリに返すように手配してもらおう。この山道にバイクは危険だ」

コンスタンティンはじっとロージィを見つめ、強力な精神力でそこにくぎづけにしながら、いつまでも黙っていた。沈黙が重くのしかかる。そのとき突然、彼女は気づいた。彼は私がもう戻ってこないと思っていたのだ。

「テスピーナが来ている。十分前に着いたばかりだ」

ロージィははっとして色を失った。「えっ……」

「こうなったら真実を言うしかない。すでにかなりの人が君の身元を知っている。いずれ誰かが口をすべらせるだろう」

ロージィはショックのあまり、石畳から足を動かせなかった。コンスタンティンが大きな手を肩にかけて、ホールに向かう階段をのぼらせる。「あなたが言えばいいわ！」

「この告白は二人でしなければならない」コンスタンティンは手をがっしりとかけたまま、彼女が何も言い返せないうちに居間に入っていった。

テスピーナは椅子から立ち上がり、温かくロージィを迎えた。「隣にいらして」彼女はソファーに座り直しながら、横をぽんぽんと叩《たた》いた。

メイドがコーヒーを持ってきた。コンスタンティンは大きな石造りの暖炉の前に立って、緊張ぎみの会話を始めた。全員にコーヒーが行き渡ると、メイドが部屋を出てドアを閉めた。

テスピーナはロージィのほうへ向き直って、黒髪の頭を横に振りながら優しく言った。「もうお芝居はやめましょう。これ以上、私を守ろうとするあまり、コンスタンティンが無理な説明をするのは見ていられないの。小さいときから、嘘《うそ》をついたらすぐにわかったわ。私の目が見られないんですもの」コーヒーに砂糖を入れようとしていたコンスタンティンが、受け皿にコーヒーをこぼした。「もしかして……」

「ロージィのことは二十年前から知っています」テスピーナはコンスタンティンの茫然《ぼうぜん》とした顔も、ロージィのはっと言う声も、さらりと受け流した。

「最初に会ったときにきちんと言わなくてごめんなさいね、ロザリー。でも名前を聞いた瞬間に、アントンの子だとわかったの。髪の色も名前も同じなんですもの。それにあなたたち二人とも奇妙な行動を取って、ほんとうのことを言っていないとすぐにわかりましたよ」

「二十年……？」コンスタンティンは、打ちひしがれた声でただ繰り返した。

「アントンは感情を隠せない人だったわ。初めてロージィの写真を受け取ったときの動揺ぶりといったら……。そのとき私はデスクの引き出しに写真とロージィのお母さんからの手紙を見つけました。とても思い悩んだけれど、一番大切なのは結婚にひびを入れないこと。彼の罪悪感を刺激して何になったかしら？　でも、私があのときはっきりさせておけば、こんなことにはならなかったわね」

「だがアントンはそれではあなたのそばにいられなかったでしょう」コンスタンティンがささやくように言った。

「アントンにはそれまでにもずいぶんつらい思いをさせたから……」テスピーナはロージィを見てふうっとため息をついた。「私は何不自由なく育ってきました。だから子どもを産めないとわかったときには、怒りをアントンにぶつけてしまったの。あんなふうに拒絶しておいて、ほかの女の人に救いを求めた彼を責めることはできません」

「ずっとご存じだったんですね」ロージィはぼんやりとつぶやいた。

「でも私は、アントンがあなたを見つけたことは知らなかったの。何度も捜し出そうとしていつも挫折《ざせつ》していたのは知っていたのだけど……。半年ほど前に彼がいやに陽気になったときには、浮気を心配したくらいですよ。でもよかったわ、ロージィ。アントンは、亡くなる前にあなたに会えてとても幸せだったと思うわ」

ロージィは乾いた唇をなめた。「そんなふうに言っていただいて……」

「秘密は人間関係をぎくしゃくさせるものよ。今ではアントンの新しい遺言のこともわかっているの。それでね、あなたたちどちらか、この結婚が見せかけだけのものなのか、本物なのかを教えてくれないかしら？」

ロージィはごくりと息をのんだ。「偽装なんです」

「何を言うんだ！」コンスタンティンがいきなり怒鳴った。

「あら、質問するのにちょっと時期が早すぎたみたいね」テスピーナは空のコーヒーカップをテーブルに置くと、にっこり笑って立ち上がった。「孫の顔が見られるくらい一緒にいてくれればいいんですけどね」

ロージィは足下に視線を落としたまま、頬を真っ赤に染めた。だが、テスピーナの言いたいことはわかった。彼女はロージィを家族の一員として迎え入れる気持でいるのだ。

「さて、今回はこれで失礼しますよ。またいずれゆっくりお邪魔するわ」

ロージィは茫然と立ちつくすうちに、ある考えに行きあたった。もうこれ以上結婚を続けていく理由はないんだわ……。突然、足が沼地にはまったような感覚に襲われた。

「偽装だなんて言わなくてもよかったじゃないか」

「彼女があれだけ心を開いてくれたのに、これ以上嘘はつけないわ」

「だが僕たちは実際に結婚しているじゃないか。愛を交わしただろう?」

ロージィの神経がピアノ線みたいに揺さぶられた。

「あなたの気持はゆうべはっきりしたわ」

「ああ《クリストス》……僕もそう思っていたが、今は自信がない。あのファイルはひどいショックだった。あれほど開放的に見えた君が、一番肝心なことを僕から隠していたとわかって……」

「もうどうでもいいことだわ。そうでしょう? 結婚を続ける理由はなくなったんだもの。もう離婚できるのよ」

コンスタンティンははたで見てわかるくらい、身をこわばらせた。「離婚はしたくない」

苦い思いがどっとこみ上げてきたかと思うと、いきなり堰《せき》を切って流れ出した。「私はね、父親への忠誠を守るなんていうばかげた男魂のために、結婚を続けるなんていやなの!」

コンスタンティンはびっくりしてロージィを見た。

「男魂から言ってるんじゃないよ、ロージィ」

「何とでも呼べばいいわ! 私は上で荷物をまとめますから!」

ロージィは部屋を飛び出して、階段を駆け上がった。胸の中に誘惑のささやきが聞こえる。彼がそんなばかなまねをするつもりでも、私は彼を自分のものにしたいのだから、そうして何がいけないの? プライドを抱えて一人で寝ても、寂しいだけよ。

「ロージィ……?」コンスタンティンはドアを閉め

て、そこに寄りかかった。力強い肢体が、緊張にこわばっている。

「ゆうべは私のことを、冷たくて、復讐心にあふれた女と呼んだくせに！」

「本心からではないんだ。僕は……その……」コンスタンティンが口ごもる。

「何なの？」ロージィがせかした。

「傷ついていたんだ……腸を裂かれる思いだったよ！　わかり合えたと思ったら、突然、君は僕が思っていたのとはまったく違う人間だとわかった。君に憎まれていると思ったんだ。だからつい、攻撃に出てしまった。今朝になって正気に戻ると、今度は君が消え失せていて……」

　とぎれがちの思いつめたような彼の声に、ロージィの心は痛んだ。だが、それでも彼には目もくれず、ロージィは震える手で服を山積みにしていった。彼が愛し、尊敬しているのは養父なのだ。

　長い沈黙の中、携帯電話が鳴った。

「さっさと取って！」

　彼は罵《ののし》りの言葉をつぶやいて、電話を取った。ロージィにも会話が聞こえたが、何語なのかもわからなかった。すると彼が「シンツィア」と言うのが聞こえた。とたんにロージィは爆発した。彼女はすっくと立ち上がり、彼の手から携帯電話をもぎ取ると、ベッドの横にあった水差しに押し込んだ。

「私がいるうちは、シンツィアと話さないでね！　二人で地獄に堕《お》ちるといいわ！　密会の現場をご主人に見つかって殺されてしまえばいいのよ！」

　風になびく木の葉のように身を震わせて、くるりと背を向けると、針を落としても聞こえそうな沈黙が彼女を包んだ。

「シンツィアと僕はずっと昔に別れたんだ。今ではただの友達だ。アントンとテスピーナにずっと関係が続いていると思わせておいたのは、家族で食事をするたびに未婚の女性を紹介されるのがいやだったからだよ」

ロージィは目をぱちくりさせて、深く息を吸い込んだ。

「嫉妬《しっと》する理由は何もないんだ。ずっと昔に終わっているんだから」

「嫉妬なんてしてないわ！」

「君がそう言うなら……」コンスタンティンの声が和らいだ。「だが僕がほかの女性とかかわりを持つと、君が片っ端から殺し屋さながらの勢いで握りつぶしていくのはどうしてだろうね！」

「妻のふりをしていただけよ」

「もう、ふりはしなくていい。君がそのドアから出ていったら、僕の人生は終わってしまいそうだ……」

ロージィは驚きに身を固くして、濡《ぬ》れた頬を手で拭《ぬぐ》いながら振り返った。涙に曇った目で彼を見る。金を帯びた黒い瞳が、しっかりと、希望を込めてこちらを見ている。

「君がまだモーリスを愛しているのはわかっている。でも時間をかければきっと忘れられるよ。僕は君を失いたくないんだ。ゆうべは思いを断ち切ったと思ったのに、残ったのは……君さえいればあとは何もいらないという気持だけだった」

ロージィは乾いた唇をなめて、次の言葉を待った。彼を抱きしめたくてたまらなかったが、まずその言葉が聞きたかった。

コンスタンティンは、すうっと息を吸い込んだ。まるで泳げもしないのに、浮き輪もなしに水に飛び込もうとする人のようだった。「愛しているよ。どうしようもないほど、君を愛している」

ロージィは彼の腕に飛び込んだ。「モーリスは関係ないわ。私が愛しているのはあなたよ。ただ、アントンの娘だという理由で結婚を続けるのがいやだっただけなの」そう言いながら、彼女はもう二度と触れることがないと思っていた彼の肩を、指で思い切り味わった。

彼は息もつけないほどしっかりとロージィを抱きしめた。「ゆうべは僕の気持に気づかなかったのかい？　あんなに酔っぱらってしまったのに？」

「私にそんな力があるなんて、考えもしなかったわ」

「それがわかった今は、一生忘れさせてもらえないだろうね」コンスタンティンはロージィの顔を自分に向けさせて、彼女の思いの証《あかし》をその瞳に探った。すると彼の顔にすばらしいほほえみが広がり、緊張を完全に消し去った。

「君を最初に見たときは、時速三百キロで壁にぶちあたったみたいな気分だった。アントンの家で君を見つけたときには、正気を失ってしまったよ。僕はずっと君を求めていたのに、それを認めようとはしなかったんだ」

「最初は私もずいぶんあなたの気持を逆立てるようなことをしたわね」ロージィは満足そうにコンスタンティンのネクタイを解き、彼の首からむしり取った。コンスタンティンはジャケットを脱がせられるあいだだけ、体を離して協力した。

「モーリスには猛烈に嫉妬させられたよ。君は何かと奴《やつ》のことばかりだったからね」

「モーリスは私の親友よ。私たちがときめくことなんか一度だってなかったわ。あなたは彼という人間を誤解しているのよ」シャツも脱がされて裸になったコンスタンティンの胸に触れ、ロージィはゆっくりと賞賛のほほえみを浮かべた。

「誤解？」ロージィはモーリスの妹ローナの話や、ローナがあこがれていた新聞記者と彼女の不幸な体験をつぶやいていたが、裸の胸や長くたくましい脚に手を這《は》わせているうちに、やがて言葉がとぎれてそれきりになった。

コンスタンティンがぐっと身を引き寄せて、ロージィの唇を激しく奪った。二人は後ろ向きにベッドに倒れ込んだ。今度は彼がロージィの服をはぎ取り、それを彼女が手伝う番だった。

それから長い時間がたった。最高の幸せに包まれて、愛することのすばらしさへの感動を新たにして横たわるうち、ロージィの顔が疑惑に曇った。「わからないことがひとつあるんだけど……うさぎの話って何？」

コンスタンティンはかすかに体をこわばらせた。

「下の二つの木箱にぎっしり入っている」

「え？」

「君が集めているシルヴァックのうさぎだよ。僕が壊しただろう？　先週、ディーラーに電話して、集めてくれと頼んだんだ。今では、陶器のうさぎにかけては、たぶん君が世界一の収集家だろうね」

ロージィの顔がぱっと明るくなった。「優しいのね、コンスタンティン。私の気を引くためなら、何だってするつもりだったんでしょう？」

「君はほんとうにやり手だよ、ロージィ」彼は熱い金色の瞳で彼女を見つめて、にっこり笑った。「そんな君に、僕はとうてい太刀打ちできないだろうね。ところで、君の空想の中で僕が何をしたのか、いつになったら教えてくれるのかな？」

ロージィは顔を赤くした。「あなたにショックを与えたくないわ」

「携帯電話が水に沈んだときだって、僕は何も言わなかっただろう？」彼はロージィを引き寄せて、息もつけないほどキスをした。幸せの吐息が彼女の口からもれた。彼ならきっと、マフィアの役を存分に楽しんでくれると思うんだけど……。

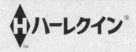

ハーレクイン・ロマンス　1998年5月刊（R-1390）

秘密の妻
2024年5月5日発行

著　　者	リン・グレアム
訳　　者	有光美穂子（ありみつ　みほこ）
発 行 人	鈴木幸辰
発 行 所	株式会社ハーパーコリンズ・ジャパン 東京都千代田区大手町 1-5-1 電話 04-2951-2000（注文） 0570-008091（読者ｻｰﾋﾞｽ係）
印刷・製本	大日本印刷株式会社 東京都新宿区市谷加賀町 1-1-1
装 丁 者	中尾　悠
表紙写真	© Oleksandr Panchenko, Slava296 | Dreamstime.com

ISBN978-4-596-53987-8 C0297